U0081323

當遠方近在咫尺時

歐華作協30周年紀念文集

歐洲華文作家協會 著
麥勝梅 主編

獻給理想、青春、勇敢

序一：
那一天我們相聚——祝歐華30周年慶

歐洲華文作家協會永久名譽會長　趙淑俠

那年初春，法國巴黎十三區一家華人經營的旅館，一改平日安靜冷清的局面，陸陸續續的一些華人男女，提包攜袋的住進來。

旅店客滿，老闆也跟著高興，有其他客人來卻只好謝絕。對不起，這些客人都是來開會的，開會？開甚麼會？，這……我也說不清。好像是寫文章的，說是甚麼作家協會。

寫文章？開會？那人越聽越糊塗。

確實是這個樣子。華人沒有在這兒開過與寫文章相關的會，而我們籌劃中的會還沒開，要明天到華僑文教中心開了成立大會才能誕生。

事情彷彿有點荒謬，說起來我是會議的召集人，這些人是我用一年多的時間直接間接地找來的，但除了瑞士的余心樂和新認識的巴黎呂大明，與其他人如郭鳳西、麥勝梅、王雙秀、楊玲等，都是在那個〔伯爵旅社〕初見。有幾位創會元老，要在次日成立大會的會場上才能見到。總之，在華人稀少找不到華文作家的歐洲，硬是要組織一個有模有樣，叫得出口的寫作班子樣的團體，可真是難之又難的事。

記得1967年的初夏，兩位老友吉錚和於梨華遊歐洲，到瑞士來看我。那時她們已是作家，都有作品問世，尤其是於梨華《又見棕櫚，又見棕櫚》已經出版，她已是文壇重要作家了。而我在遠如天涯海角的歐洲做美術設計工作，跟文學全沒了關係，所以我根本不談華文文學在歐洲的事。但是我不談她們談，兩人都問我真的不想寫作了嗎？梨華說：「記得你喜歡文學，我們同班時你的作文是最好的。」我說：「文學離我已太遠。」說後想想又道：「歐洲缺少一個華文文壇，將來有待努力……」我說了一些有關對歐洲華文文學的想像。吉錚道：「我看很難。你們這裡連華文作家都沒有，怎麼建立文壇！」她說到要害上了。歐洲沒作家，想建立華文文壇彷彿癡人說夢。三個年輕女士關心海外華文文學，氣宇軒昂地直說到深宵三點。

滄海桑田人生變故大，屬於歐洲的，具有歐洲特色的海外華文文學，終於具體而有形的誕生了。是歐洲有華僑史以來，第一個全歐性的華文文學組織〔歐洲華文作家協會〕，在巴黎成立。日期是1991年3月16日，離三人聊天的晚上，足足有24年。

歐華成立以後，大家經之營之，我擔任兩屆會長後交棒，朱文輝、莫索爾、俞力工、郭鳳西、麥勝梅，一個個的接上來，每個會長都同樣的認真、負責、不辭勞苦。

日子一天天的過去，大家在一起做成了許多事；歐華不僅有自己的文庫，還有自己的網站。對有志闖蕩文壇的寫作者，具有強大的吸引力，新會員源源來歸，歐華作協總能保持著一股清新之氣。楊允達和青峰父子倆都是會員，這是好現象，期待未來能有更多的父子、母女、兄弟檔等等，氣氛益發溫暖和諧。

三十年是多麼漫長的歲月！歐華作協卻能保持著一貫的穩健、求新、大氣。《歐華文庫》絕非虛設，連年都有新書出版，談過歐洲的山水人情，歐洲家庭教育，向歐洲學習節能，減碳廢核之後，再談歐洲美食。最近出的一本是《尋訪歐洲名人的蹤跡》，從莎士比亞說到土耳其國父凱末爾的陵園，共51位名人。從歐華會員合集的內容，便知他們對歐洲的內蘊文化的瞭解之深，更難得的是能以采藝之筆表現出來，歐洲豐富的人文和歷史。

歐洲的風土人情內涵豐厚，探究起來趣味無窮，每次年會後的旅遊節目，是非常令人期待的。為了滿足大家對歐洲文化生活能有更深的體驗，也希望大家能品味到歐洲饒有特色的美景美食，主辦方面總在會後安排多采多趣的旅遊節目，使得一些遠道來的文友趨之若鶩。北美作協的趙俊邁前會長曾不辭數千里之遙，前去〔捧場〕、親身體會歐洲的文化和人情。現在吳宗錦會長則是率團前去，使得年會氣氛更加溫馨親切。

多年來，不管路途順逆，歐華總在掙扎著勇往前行，走到今天，整整30年過去了，我們仍然傲立於世。因為歐華我常常受到文友們的讚美：「這麼多年了，歐華還發展得這樣好，不容易噢！」每當有人這麼說的時候，我便說：「這不是某一個人的功勞，是大家熱心合作的結果。」這是真話，歐華能在30年的時間長河裡，會友之間彼此信賴，互相支持，讓一切的困難迎刃而解，是大家和平共處的最大公約數。

前面的路很長，另一個30年在等待著，成長、開創、延續，要做的事還很多，歐華作協將有更好的發展，在此深深祝福。

序二：

回顧與自畫像

歐洲華文作家協會會長　麥勝梅

春生夏長、秋收冬藏，萬事萬物按著時序滋長，人的一生亦然，生、病、老、死皆按著軌跡而走。

然而，換一個角度來看，天空這樣遼闊，世界這麼大，任何的軌跡都可能改變的，人是可以超越某種時空的侷限，去創造精彩的人生的。走什麼樣的路，自己決定。

人的一生說短嘛其實不短，成長更是一段漫長的過程。在青澀的童年，常常盼望著快快長大，腦海中裝滿對美好生活的憧憬。稍長後，又滿腔熱情為夢想編織翅膀，曾幾何時，禁不住內心的催促而毅然遠走高飛，投身在無法預測的另一番人生，一路走來，留下了無數的足印。

離鄉背井是歐華作家的一個共同點，在創作旅途上，我們是同行的夥伴，但卻又必須各自努力打拼，為自己開闢出一片天空。其實，真正的文學，是用生活的血汗換取的，身為作家，自然要堅持一份文學的熱情，卻又安然棲息於年復一年的的油鹽柴米瑣碎生活。不管我們的專業是市議員、專欄作家、記者、編輯、中文老師、翻譯員、工程師、稅務諮詢師，或是從事餐館業的工作者，都在追求我們想要的東西：天馬行空的想像力和揮灑自如的空間，換言之，豐富的內心世界是我們追求的精彩人生。

春去秋來，度過了十年、二十年、三十年碩果纍纍的生活，終於迎來生命中的最高的榮譽。然而韶光易逝，隨之，驚蟄乍醒地來到耄耋之年，我們仍然孜孜不倦地在知識的大海中打撈著一去不回的青春。

行走在流金歲月的今天，我們沒有任何一絲傷感，相反的，帶著快樂欣慰的心情，把這一段精彩人生，一筆一劃的地描繪起來，如此小心翼翼，宛如完成一幅自畫像。

歐洲華文作家協會即將邁入30周年，也是歐華寫作人的一個重要里程碑，新書「當遠方近在咫尺時」全書收入30篇以「在歐洲打拼」為題的文章，和29篇環繞「個人寫作」與「歐華作協」娓娓而談的小品，在這麼小小的三千字篇幅，每一篇皆有作者個人的風格和經歷，能詮釋的既不是披荊帶棘的生活，也不盡是發著金光的成功人生，而是對自身的審視與回顧。

最後要說的是，新書能夠順利出版，要感謝丘彥明理事給新書主題的策劃，感謝趙淑俠大姐不辭辛勞為新書寫序，同時也感謝岩子提供本書的書名，王克難和楊翠屏提供英、法譯名，高麗娟、許家結的校對，還有林凱瑜、青峰、郭琛和恩麗的協助，促使這次的組稿工作順利完成。

2020年6月2日於德國，威茲拉

目　次

輯二：幕後心聲

輯三：緣起不滅

附錄：歐洲華文作家協會年表

作者簡介

趙淑俠

趙淑俠，原任美術設計師。1970年代開始專業寫作，著有長短篇小說及散文，共出版作品三十餘種，其中包括三本德語譯本小說。1980年獲中國文藝協會小說創作獎，1991年獲中山文藝小說創作獎，2008年獲世界華文作家協會終身成就獎。

1991年，歐洲華文作家協會經過趙淑俠一年的奔走籌劃，在法國巴黎成立。是為歐洲有華僑史九十年以來，第一個全歐性的文學團體。趙淑俠被選為首任會長，至今是永久榮譽會長。2002年到2006年，趙淑俠為海外華文女作家協會副會長，會長。2001年被推舉為世界華文作家協會名譽副會長。

麥勝梅

麥勝梅，現任歐洲華文作家協會會長。著有：《帶你走遊德國　人文驚豔之旅》一書入選文化部第38次「中小學生優良課外讀物」、《千山萬水話德國》。編有：《在歐洲天空下》、《迤邐文林二十年》、《歐洲綠生活》等歐華作協書叢。主編：《歐洲華文作家文選》、《歐洲不再是傳說》、《餐桌上歐遊食光》。近年熱愛詩歌和漢俳，作品被收入《和你一起慢慢變老》、歐洲華文詩歌會春、夏、春夏、秋季等詩集、《世界漢俳首選》2017秀威，《中外漢俳詩選》2019中國新聞社－湖南分社。2017年獲《龍圖騰徵文》獎，2020年獲第二屆左龍右虎杯國際詩歌漢俳三等獎。

朱文輝

朱文輝，1948年生於臺灣，1975年落腳瑞士，中德雙語作家。曾任歐洲華文作家協會秘書長及會長（1996~2002 + 2011~2013）。現為歐華作協理事、世界華文微型小說研究會副秘書長。以筆名《余心樂》創作犯罪推理文學；《迷途醉客》寫微型小說；《字海語夫》剖析中、德兩種語境之風貌。2016至2018年共在蘇黎世發表了3部德語著作：中德語境比較專書《字海捕語趣》；長篇推理小說《不同視景的謀殺》；中西文化交流專書《今古新舊孝道文學專集》。

丘彥明

丘彥明，生於臺灣，現居荷蘭。

曾為中國時報記者、編輯，聯合報副刊編輯，聯合文學雜誌執行編輯、總編輯，深圳商報文化副刊萬象專欄作家；現仍擔任藝術家雜誌特約海外撰述。

出版《人情之美》、《民主女神號航海日誌》、《浮生悠悠》、《荷蘭牧歌　家住聖安哈塔村》、《踏尋梵谷的足跡》、《翻開梵谷的時代》、《在荷蘭過日子》、《我的九個廚房》等書。

獲頒臺灣新聞局金鼎獎最佳雜誌編輯獎。散文參賽多次獲獎。《浮生悠悠》繁體字版，曾獲聯合報及中國時報十大好書獎。《人情之美　文學臺灣的黃金時代》簡體字新版，獲中國大陸媒體評選多項書獎。

白嗣宏

白嗣宏，河南省開封市人，中國作家協會會員，中國戲劇家協會會員，俄羅斯電影家協會會員，國際經濟家協會會員，歐洲華文作家協會會員。

1955年畢業於上海市市東中學（文化名人李敖先生曾在此校讀書）。1955年入北京俄語學院留蘇預備部學習。1956年赴蘇留學。1961年畢業於蘇聯列寧格勒大學語言文學系，專攻俄羅斯戲劇文學。1961年學成歸國，分配到安徽藝術學院、合肥師範學院、安徽大學工作。從事蘇俄戲劇理論和戲劇文學的教學與研究、俄羅斯語言文學教學、蘇俄文學的教學研究、文藝作品的翻譯。著譯編多種作品。

莫索爾

一九四九年隨就讀的「遺族學校」自大陸輾轉抵台，寄讀於臺北師院附中，顛沛流離時代，能按步就學實為幸事，故尚能勤奮努力。自一九五九年政大新聞研究所碩士畢業至一九六二年底赴西班牙留學這段期間，曾在中央廣播電台擔任編譯，期間曾譯編「西洋音樂史話」，在台北新生報連載，亦曾偶爾撰稿報端。

旅居西班牙五十餘年，既未打出一片天下，也未拼出博士論文，一直在新聞界蹉跎歲月。誠如所說：「日久他鄉即故鄉」，已習慣了西班牙的生活，如今望九之年猶關心國際局勢，尤其憂心兩岸關係，祝願天佑我中華民族。

池元蓮

池元蓮，台灣大學外文系學士，獲德國政府獎學金留學慕尼黑修讀德國文學，美國加州大學柏克萊分校碩士。與丹麥人結婚，長居丹麥。目前從事奇幻短篇小說書寫，出版中英著作十餘種。中文著作以《歐洲另類風情——北歐五國》、《兩性風暴》、《性革命的新浪潮——北歐性現狀記實»》、《丹麥之戀》等數本最受讀者歡迎。英文長篇小說《A Shadow of Spring》（美國紐約出版）被美國印第安納大學（University of Indiana）選為大學生課外讀物。

《華人世界》雜誌基於池元蓮文學創作的突出性成就，2009年將她與其他十幾位華裔女科學家、教育家、作家、運動家、影視界人事等一起遴選為「文化先鋒」。

謝盛友

謝盛友（謝友），1958年出生於海南島文昌縣湖山鄉茶園村，中德雙語專欄作家，歐洲華文作家協會副會長，班貝格民選市議員。德國班貝格大學新聞學碩士（1993），1993-1996在德國埃爾蘭根大學進行西方法制史研究。著有：《微言德國》、《人在德國》、《感受德國》、《老闆心得》、《故鄉明月》。

高關中

高關中，1950年生，現住德國漢堡。榮譽文學博士。歐華作協理事。高關中多年來筆耕不輟，問世著述700多萬字。作品以列國風土、遊記、人物傳記、西方文化介紹，新聞報導，散文雜文隨筆為主。著有《德國州市大觀》《英國名城誌》等列國風土作品以及《寫在旅居歐洲時——三十位歐華作家的生命歷程》、《在歐洲呼喚世界——三十位歐華作家的生命記事》和《大風之歌——38位牽動臺灣歷史的時代巨擘》等傳記作品。參與主編歐華作協文集《尋訪歐洲名人的蹤跡》。新近出版《高關中文集，寫百國風土，敘古今人物——充實的人生》。

青峰

青峰，國際作家及詩人，美國世界藝術文化學院榮譽文學博士，世界詩人大會副秘書長及歐洲華文作家協會副秘書長。

1962年出生於臺灣，先後在衣索比亞，美國，法國，加勒比海，中國，新加坡生活及工作，現長居瑞士。目前以中，英，法，德四種語言寫作。曾獲得法國巴黎市政府頒發的最佳少年詩篇大獎。高中時，曾代表法國最著名Lycée Louis-le-Grand參加全國寫作大賽。2017-2018獲世界華文微型小說雙年獎及2018年瑞士優納市立圖書館　語寫作比賽獎。著有《瞬間》、《感動》、《觀》及《夢幻》四本詩集。

彭菲菲

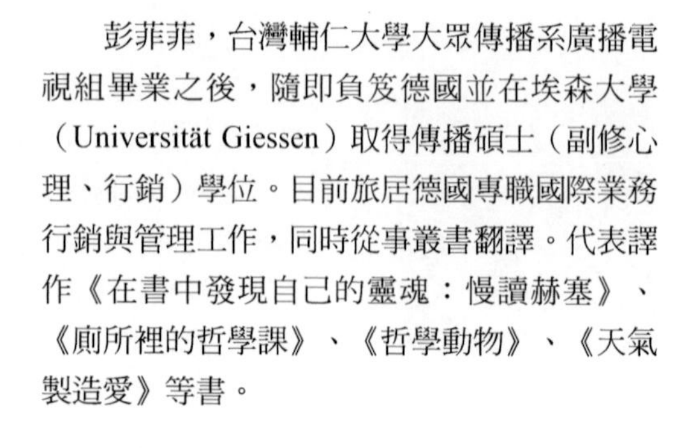

彭菲菲，台灣輔仁大學大眾傳播系廣播電視組畢業之後，隨即負笈德國並在埃森大學（Universität Giessen）取得傳播碩士（副修心理、行銷）學位。目前旅居德國專職國際業務行銷與管理工作，同時從事叢書翻譯。代表譯作《在書中發現自己的靈魂：慢讀赫塞》、《廁所裡的哲學課》、《哲學動物》、《天氣製造愛》等書。

高蓓明

上世紀80年代出國，1990年起定居德國。業餘時間喜歡旅行，閱讀和寫作。文章散見於海內外報刊雜誌和網路平臺。與人合作出版過《德國小鎮》、《尋訪歐洲名人的蹤跡》、《歐洲不再是傳說》、《餐桌上的歐遊食光》、《德國，詩意的旅行》等書。目前為歐華作家協會成員、德國《華商報》專欄作者、德國基督教會萊茵地區婦女理事會理事。

李筱筠

李筱筠，台灣基隆人。自1999年旅居瑞士，具中、德、法、英、西、義多語能力。世界公民。人文藝術愛好者。熱愛閱讀寫作、喜歡跨領域思考、興趣廣泛。台灣國立中正大學外文系，歐洲知名商學院ESCP Europe高階管理人才國際商務碩士。領導全球的化學品分銷公司全球大客戶團隊成員、瑞士巴塞爾觀光局官方德英雙語城市導遊、歐洲華文作家協會會員、讀創故事簽約作家。2012年在台灣行遍天下出版《瑞士玩全指南》，再版兩次。2019年在台灣聯合線上出版散文集《跨境之旅》。2020年在台灣聯合線上出版散文集《生命之歌》、《蔣勳・美的佈道者》。

夏青青

旅德華人，歐華作協會員，德國中歐跨文化作家協會會員，文心社會員。

1983年赴德定居，在德國接受中學和大學教育，慕尼黑大學經濟學碩士，德國經過國家考試認證註冊的稅務諮詢師，現在德國《南德日報》媒體集團擔任內部諮詢工作。從2011年開始活躍於歐洲華語文壇，作品以散文為主，個人散文集《天涯芳草青青》2017年由中國文聯出版社出版，多篇作品收入不同版本的合集。自2017年起主要致力於「萊茵河畔的華人」（旅德華人風采實錄）系列採訪寫作，在歐洲報刊連載，迄今發表四十篇，引起廣泛關注。

許家結

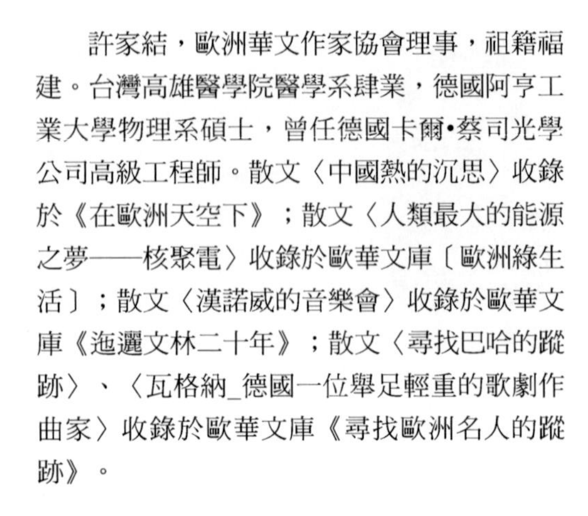

許家結，歐洲華文作家協會理事，祖籍福建。台灣高雄醫學院醫學系肆業，德國阿亨工業大學物理系碩士，曾任德國卡爾•蔡司光學公司高級工程師。散文〈中國熱的沉思〉收錄於《在歐洲天空下》；散文〈人類最大的能源之夢——核聚電〉收錄於歐華文庫〔歐洲綠生活〕；散文〈漢諾威的音樂會〉收錄於歐華文庫《迤邐文林二十年》；散文〈尋找巴哈的蹤跡〉、〈瓦格納_德國一位舉足輕重的歌劇作曲家〉收錄於歐華文庫《尋找歐洲名人的蹤跡》。

林凱瑜

林凱瑜，台灣人，曾在日本京都的立命館大學就讀日本文學。1999年於華沙大學獲得漢語系碩士學位。2002年在華沙註冊成立中文學校，2003年加入歐華作協，在2009年及2015年分別出版了「我們說漢語Mowimy po chinsku」和「商務漢語Jezyk chi ski pomocnik handlowy」等教科書。現任華沙私立企管大學（Kozminski University）中文講師。

散文「婆婆」獲得第六屆漂母杯華文散文詩歌三等獎。

黃雨欣

黃雨欣，定居柏林，長期從事散文、小說、影評等寫作。已出版美文　集《菩提雨》、散文集《三百六十五分多面人》、影視文學評論集《歐風雅韻》、小說集《天涯麗人》等個人作品；主編短篇小說集《對窗六百八十格》、參與編輯撰寫美食文集《餐桌上的歐遊食光》等。

近作大量反映海外華人求學，求生存以及移民二代成長經歷的中，短篇小說，主要發表在《青年文學》、《延安文學》、《香港文學》、《小說界》等文學期刊上。連續二十年擔任柏林電影節特約記者，連續四屆擔任歐洲華文作家協會副會長，目前任職中國文化部駐柏林中國文化中心對外漢語教學教師。

郭琛

郭琛，1956年出生在台灣新竹，畢業於國立清華大學電機系，退伍後在新竹科學園區的電子公司任職研發工程師，1985年起轉到市場部門，1988年1月由全友派駐到德國，前後兩次四年的駐點，到1993年3月受命創立UMAX德國公司，憑藉著對市場行銷敏銳的判斷，使UMAX德國擴充為8家的歐洲集團公司，從1998年到2008年連續11年都有盈餘，是力捷集團中，唯一能持續獲利的公司。2014年將累積的經驗，寫入《孫子兵法——品牌行銷白皮書》，在台灣、德國、荷蘭、中國有超過30場次有關行銷與經營管理的演講。

目前任職歐洲臺商聯合總會的諮詢委員、世界臺灣聯合總會的顧問，與歐洲華文作家協會理事。

楊允達

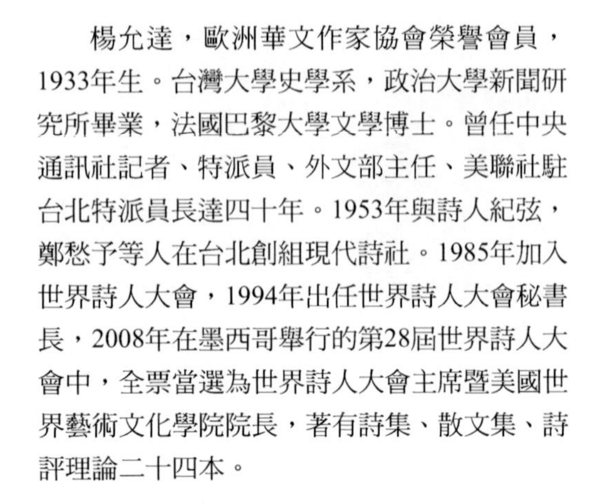

楊允達，歐洲華文作家協會榮譽會員，1933年生。台灣大學史學系，政治大學新聞研究所畢業，法國巴黎大學文學博士。曾任中央通訊社記者、特派員、外文部主任、美聯社駐台北特派員長達四十年。1953年與詩人紀弦，鄭愁予等人在台北創組現代詩社。1985年加入世界詩人大會，1994年出任世界詩人大會秘書長，2008年在墨西哥舉行的第28屆世界詩人大會中，全票當選為世界詩人大會主席暨美國世界藝術文化學院院長，著有詩集、散文集、詩評理論二十四本。

岩子

岩子，女，本名趙岩，生於遼寧，祖籍山東。中國詩歌學會《與喜歡的人一起讀》欄目主持人，中德人文交流研究中心《中德四季晨昏雜詠》專欄作者。上世紀80年代出版了第一本譯作，90年代留學德國，21世紀走向寫作。國內外已出版譯著或合集十餘部，其中有《上鉤的魚都很美》《輕聽花落》《今晚月沒來》等。曾多次獲得海內外散文詩歌翻譯獎。現居德國。

楊悅

楊悅，旅德作家、譯者，生於重慶，四川外國語大學德國語言文學學士。上世紀90年代初留學德國，從勤工儉學到自創公司。2010年開始寫作，以獨特視角關注德國歷史、政治、文化與社會生活。

與楊武能合譯《格林童話全集》（譯林出版社），與王蔭祺合譯《少年維特的煩惱》（收入河北教育出版社《歌德文集》），著有散文集《悅讀德國》（四川文藝出版社）。德國《華商報》《悅讀德國》專欄欄主，德國迅馬科技有限公司董事長，德國逸遠慈善教育基金會理事，德國川渝總商會執行會長，德國川外校友會會長。

鍾情大自然，熱愛文學、藝術、哲學、音樂。

楊翠屏

楊翠屏，台灣省斗六市人。政大外交系畢業，法國巴黎第七大學文學博士。海外華文女作家協會永久會員，歐洲華文作家協會副會長。她具有想認識世界的好奇心，喜愛讀萬卷書行萬里路。『傳達信息、傳遞知識、貢獻社會、嘉惠人類』是她寫作的原動力。

穆紫荊

穆紫荊，德籍。1984年畢業於復旦大學中文系。1987年留學後定居德國。自90年代中期開始寫作，作品多見諸于歐美華文報刊。並在海內外多次獲得各類獎項。著有散文隨筆集《又回伊甸》、短篇小說集《歸夢湖邊》、中短篇小說集《情事》、長篇小說《活在納粹之後》（又名《戰後》）、詩詞集《趟過如火的河流》及精選集《黃昏香起牽掛來》。主編各類海外華文文學作品十幾本。現為德國復旦校友會理事。中華詩詞學會會員。中國廬山陶淵明詩社副社長、歐洲華文詩歌會創始人、歐洲新移民作家協會和歐華文學協會會員。

倪娜

倪娜（筆名，呢喃），女，現居德國柏林，於2011年開始在海外發表作品至今，連續多年榮獲世界華文詩歌、散文、小小說徵文大賽不同獎項，作品收錄合集已出版二十多本，個人代表作小說集《一步之遙》於2017年在美國紐約商務出版社出版。

李永華

李永華，筆名老木，法學本科，祖籍聊城。從事過工、兵、學、農、商、科研多種行業。曾學習電子、管理、農學、法學。出國前在中國農科院工作。

捷克僑商、僑領、作家。歐洲資深華文媒體人。在兩岸四地和歐美洲發表大量文學作品。2004年加入歐華作家協。2006年牽頭創立「捷克華文作家協會」任首屆會長，主編合集《布拉格花園》。個人著作有長篇小說、中短篇小說、散文、詩歌等15種。作為副主編，參與《世界華文微型小說作家微自傳》和《亞洲華文微型小說選》的編輯和出版。主持協辦2016年5月和7月在捷召開的兩屆海外華文文學研討會。

常暉

常暉，原南京大學英美文學講師，1993年赴美，1995年移居奧地利維也納至今。現為南京《譯林》雜誌「人文歐洲」專欄作家，香港《東方財經》「國際觀察」特約撰稿人。出版物包括譯作《從彼得堡到斯德哥爾摩》（灕江出版社，1990年），小說《情愛簽證》（群眾出版社，1999年），評論文集《難捨維也納》（江蘇文藝出版社，2010年）和攝影文集《薩克森》（光明日報出版社，2016年）等。作品主打文史和音樂藝術類評論，以及時事和社會生活類觀察。

黃正平

黃正平，上世紀五十年代生於上海，插過隊，做過工。文革後就讀于華東師範大學中文專業，獲文學學士學位，畢業後在上海大學文學院任教。九十年代赴瑞士留學，獲日內瓦大學文學博士學位，之後在日內瓦一家公司任職，現已退休。

恩麗

恩麗，原名丁恩麗，旅德華人作家，原籍江蘇南京人，畢業于南京師範大學中文系，1997年定居德國至今。德國華文媒體《華商報》專欄作家，創作了大量詩歌、散文、小說，並且多次獲獎，現已出版作品集《永遠的漂泊》等。詩歌被收集在《和你一起慢慢變老》《天那邊的笛聲》《海這邊的足跡》《詩情畫意》等。

區曼玲

區曼玲生於台北，台大外文系畢業。小時候愛幻想，喜歡唱歌、舞蹈、遙望星空。後來寄情文學與戲劇，熱衷自助旅行。九十年代初留學德國，獲戲劇與英美文學碩士。出國留學之前，曾任英文編輯、翻譯、藝廊文化研究員等職務。目前從事建築導覽與歐洲城市導遊。著有小說《躍崖》、《鬼面》，短篇小說集《留下，因為愛》，《『肋』在其中——聖經的女人故事》，翻譯《劇場遊戲指導手冊》。

張琴

張琴，作家詩人。祖籍河南，出生於四川。現定居西班牙馬德里。西班牙作家藝術家協會、歐洲華文作家協會、世界詩人大會會員；海外華文女作家協會終身會員,西班牙伊比利亞詩社榮譽社長。出版散文、小說、詩歌、紀實文學等專輯。1999年獲得世界華文作家作家協會（西班牙賽區）首獎，2018年4月獲得絲綢之路國際詩歌大會「詩人桂冠獎」，2018世界第38屆世界詩歌大會頒發的「世界文學博士學位」。2018年獲「香港圓桌詩歌」獎。十多年來，連續參加世界（中國）文化學術交流活動，其作品論文收錄在三十部專輯里。

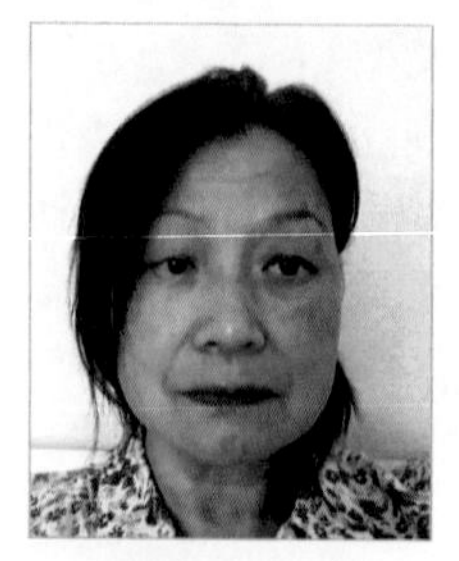

于采薇

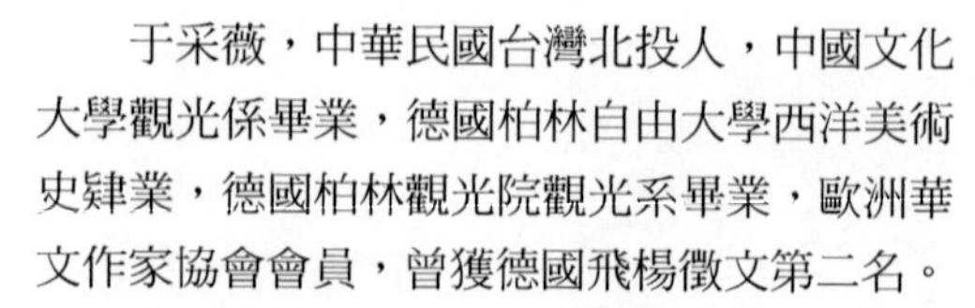

于采薇，中華民國台灣北投人，中國文化大學觀光係畢業，德國柏林自由大學西洋美術史肄業，德國柏林觀光院觀光系畢業，歐洲華文作家協會會員，曾獲德國飛楊徵文第二名。

多年從事導遊工作，翻譯，錄音工作。現任柏林佩加盟（Pergamon）博物館中文導覽，生活座佑銘：至知不謀。

呂大明

呂大明，歐洲華文作家協會創會副會長，國立台灣藝術學院畢業，英國牛津學院高等教育中心畢業，英國利物埔大學碩士，法國巴黎大學博士研究。曾任台灣光啟社編審，台灣電視公司基本編劇，歐洲華文作協兩屆副會長。八十年代以來她的主要創作是散文，已出版《大地頌》、《英倫隨筆》、《寫在秋風裡》、《來我家喝杯茶》、《南十字星座》、《尋找希望的星空》、《冬天黃昏的風笛》、《生命的衣裳》等十餘本散文集，並獲得「臺灣耕莘文教院兩度散文獎」，「臺灣省新聞處優良散文獎首獎」等獎項。

郭鳳西

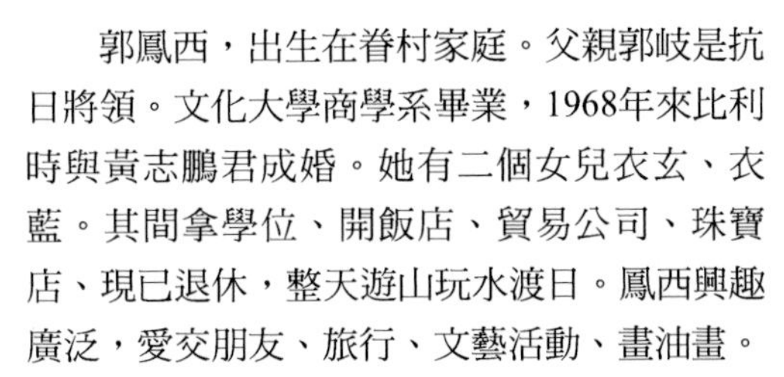

郭鳳西，出生在眷村家庭。父親郭岐是抗日將領。文化大學商學系畢業，1968年來比利時與黃志鵬君成婚。她有二個女兒衣玄、衣藍。其間拿學位、開飯店、貿易公司、珠寶店、現已退休，整天遊山玩水渡日。鳳西興趣廣泛，愛交朋友、旅行、文藝活動、畫油畫。

曾任歐洲華文作家協會會長、旅比華僑中山學校校長。現任比利時比京長青會會長，華僑協會比利時副會長。

著有《旅比書簡》1998年，《黃金年代的震憾歲月——沙耆旅比十年》2000年，《歐洲簡影》2006年，《牽手天下行》2010年。散文〈錢姑媽，白蘭芝夫人〉一文曾得中央日報創作獎。

高麗娟

高麗娟，臺大中文系畢業，1982年遠嫁土耳其，1988年獲安卡拉大學文學碩士學位。2002年加入歐華作協，曾為中國時報特約撰述，蘋果日報論壇、歐洲日報寫手，歷任編輯、安卡拉大學漢學系專任講師、警察大學兼任中文教師、土耳其國際廣播電臺華語節目編譯與撰稿人。2005年獲香港世界華文旅游文學徵文入圍獎，出版有《土耳其隨筆》（2006年安大出版社）、《從覺民到覺醒》（2008年玉山社）。

方麗娜

河南商丘人，現居奧地利維也納。畢業于商丘師院英語系，奧地利多瑙大學工商管理碩士，魯迅文學院第十三屆作家高研班學員。著有小說集《夜蝴蝶》《蝴蝶飛過的村莊》；散文集《藍色鄉愁》《遠方有詩意》。小說和散文常見於《人民文學》《十月》《作家》《作品》《小說月報》等。小說集《蝴蝶飛過的村莊》入選「中國文學新力量：海外華文女作家小說精選」；散文集《藍色鄉愁》選入「新世紀海外華文女作家文叢」。代表作「蝴蝶三部曲」收入小說精選《夜蝴蝶》。中篇小說《處女的冬季》獲「2018都市小說」三等獎。

歐華作協會議照片

1991年3月16日歐洲華文作家協會在巴黎成立，前排坐者，右二王鎮國右五梅新右六亞弦右八成之凡右九趙淑俠。

歐洲華文作家協會在巴黎。

歐華年會與瑞士蘇黎世大學合作，並歐洲當地作家開研討會。

前排左起：葉太太、楊尉雲、譚綠屏、王雙秀、郭名鳳、呂大明、趙淑俠、池元蓮、郭鳳西、蔣曉明。後排：楊玲、麥勝梅。

1996 CWAE第三屆年會合照。

1996 CWAE第三屆年會合照。

1999維也納。

1999維也納。

前排一：駐瑞士代表處黃大使允哲夫婦。

施叔青、符兆祥、李昂演講。

歐洲華文作家協會第六屆年會。

歐洲華文作家協會第六屆年會　馬克任先生發言。

歐洲華文作家協會第七屆年會　右起：趙淑俠、俞力工。

歐洲華文作家協會第七屆年會。

歐華作協2009年在維也納召開第8屆年會。

歐華作協文友在維也納合照。

歐洲華文作家協會第9屆年會2011年於雅典。

歐洲華文作家協會第9屆年會2011年於雅典。

歐洲華文作家協會第十屆2013年於柏林。

歐洲華文作家協會2013新一屆理事。

歐華作協2015年在巴塞隆納召開第11屆年會。

貴賓與文友合照。

第十二屆歐洲華文作家協會年會全體與會文友合照。

文友蕭邦紀念碑前合照。

歐華作協在里昂召開第13屆年會。

歐華作協在里昂召開第13屆年會。

輯一：
在歐洲打拼

字海沉浮尋雅境

朱文輝

風激雨蕩中，一顆種子飄過狹窄的臺灣海峽，在蕞爾小島上落地生根。這株來自大陸的幼苗，汲取了台島的泥土和水份，慢慢滋長茁壯，變成青澀待熟的果實。後來又因緣際會飄洋過海，浪跡到更為遙遠的天涯，落戶歐西的異土，汲取另外一種生命的元素。

唐代大詩仙的名句有云，天地是萬事萬物的歇腳之處，歲月猶如千年百代絡繹於途的行旅。睽諸我自己的一生，七十二個春夏秋冬，一直像鐘擺回蕩於行行止止的兩端。不管是文化心性上，語言文字上，或是生活習慣上以及事物景觀上的層層面面，我的人生之旅，當以五十歲和六十歲為明顯的分水嶺。

我於一九五〇至一九七〇年代在臺灣相繼受完小、中及大學的教育，腦子裡裝滿了中國傳統歷史文化的四維八德，行囊塞滿古聖先賢的藝文經典，告別父老，孑然一身離鄉背井，在一九七五年的初春踏上瑞士這塊陌生的土地。幾幾番番的江湖夜雨，倏忽之間便已磋跎了四十五個寒暑。深造求知的歲月裡，對於歐西尤其德語世界的一切人、事、物、景都在好奇和探索之餘，湧生化為己有的征服願望。

處身異國的語境，我母語文字所含蘊的感性意象，面對德語文字一板一眼的理性機轉，不斷在我靈魂深處激起閃爍的火花，讓我常年迷醉於中西咬文嚼字相互研磨的雅趣裡。一個字眼、一句俗話、一句成語，都可以聽出、讀出中國人恒古的智慧；相對也可以體驗出德文語境邏輯思維的嚴密，帶引人們一絲不苟地處理事務，在在穩固著日爾曼這個民族的屹立不搖。我有幸遊走於兩個語境的天地，經過多年的相互濡染，德語也幾與自己的血脈同體相連，成為肌膚的一部份；然而母語中文更依然是深植於我心田的靈根，中國古文詩詞裡潛蘊的雅美和智慧，是扶穩我立足海外的磐石。於是，我開始反芻從故土和異鄉所汲取的文化養份，將心神投入創作與譯述，更進而試著跨出中文的語境，腳踏兩條船，涉身德語的文字書寫世界裡。一九八〇和一九九〇年代，我課餘和日後就業的公餘之暇，便醉心於偵探推理小說的論述、譯介和創作，視功名利祿如浮雲，以余心樂的筆名來鋪展我的文字理念。五十生辰，曾以二十八個字來自況當時的寫照——

天涯浪跡如雲鶴，萍蹤寄情似水荷。
戲看人生黃梁夢，閒作推理余心樂。

二〇〇六年，我以五八之齡初次踏上中國神州大地。佇立在寒山寺，面對著參天的古柏蒼松，廟院鐘聲伴著悠古的肅穆，擁抱我這個炎黃文化的海外遊子，霎時間，一股無由的悸動湧上心頭，伴隨即將奪眶卻被我隱忍下來的淚水，促使我禁不住喃喃自語：人生何處不相逢，相逢幸緣曾相識！自幼隔海在臺灣打入記憶的華夏典章，史地文哲，那份屬於龍族血脈的緣情，一絲絲、一縷縷閃映在眼前，如此的親近，觸手可及，陌生中有份揮之不去的熟悉，恁的是這般一見如故——這才是我過去在心靈中魂牽夢縈、如今則是遠在天邊近在眼前的漢唐華夏實景原境啊！

有了這縷歷史文化的土地之緣，在它的牽引之下，自此我每一或兩年總要走訪中國大陸一趟，瞻覽各地的文物和史跡。拜此之賜，我更是有緣娶了現在的妻子，當了餘姚的女婿。離開臺灣數十年，回去探訪幼時的玩伴同學和弟妹親友，他們兒孫成群，晤面時雖也每每醇酒美食，大擺一番龍門陣，然而事後總覺彷彿少了些什麼。後來驀然恍悟，這不正是一種夾在歸人與過客之間起伏不定的落寞失穩之感嗎？直到幾年來我慢慢被妻子餘、杭兩地的至親、好友和同學熱誠接受，視同一家人，淳樸的氛圍裏，一種新的體會與感受乃在我體內滋湧而生，讓我寫下：

歐西盧臥偎書笑，數十春秋若水漂。
尋本探源華夏路，半生塵土落餘姚。

如今，我已不必再為稻粱謀，告別了為三斗米而折腰的日子，結廬在鄉間；採菊東籬下的閒雲野鶴生活，倒是引發我認真去思考：當今文化環境在全球化的大潮衝擊之下，我們心靈與思維的鐘擺究應如何定位，始能不偏不倚，恒定運行？此乃吾等華人衡度天道、佈局人生的一道重要課題。於是，我興起了這麼一個意念：今後更是要以華文為橋樑，接連兩岸三地同文同種的同胞，進而召喚對中華語言文化有興趣的歐洲人士，眾志一同，透過書寫與創作的交流，傳揚中華語文的精奧，迎著全球化的浪潮，將華文的靈韻和西語的理則融合相匯，以期那個曾經一度自「意境語言」的原鄉出走、嘗試進入「邏輯文字」世界去探險的昨日之我，重新回歸到「形體方正」的語文天地裡。

換句話說，在臺灣，我接受中華古典詩書的啟蒙，大學時代擁抱英文和德文；到了海外有好長的一段歲月專情於德文，在中、德兩種語文裡悠遊，享受兩個語境世界的甘飴。如今進入人生的夕暮，心靈回歸文化的原鄉故土，遊子與六書再度聚首，直道相見又相識，堪稱趣從意境來。悠悠一晃數十年，在文林字海裡跌跌撞撞，衣帶漸寬不曾稍悔；金盤洗手田園歸隱之後，但求寄情文字，藉以修身養性，完成自我。所以我為自己寫下遣懷四句——

筆揮歲月霜寒凳，若夢猶醒馬齒增。
字海沉浮尋雅境，書林穿走見心朋。

在歐洲與筆為伍的我

我的寫作，與自己這輩子從事了三十一年的職業生涯脫離不了關係。我於1984年返臺考上外交特考並接受專業訓練取得外交官任用資格，但我沒有正式「下海」，而以受聘秘書的身份，在瑞士前後替臺北的外交與經濟兩部服務了整整31個年頭。崗位上的任務，就是每日即時撰寫駐在國的政經情勢分析，將社會輿情以及人文狀況等方面的觀察做成綜合報告，傳回臺北給各部門當作相關政策上的參用資料。因此我每天必需大量且快速閱讀當地和臺北乃至歐洲的媒體報導，各類專業報刊雜誌也在涉獵範圍之內；尤其每日前後花費大約四個小時搭火車通勤的生涯，得以在車上像海綿般吸取無限量的資訊，同時用心觀察形形色色的人群，側耳傾聽同車前後旅客的閒聊，點點滴滴化為構思，對於我上班撰寫分析報告，同時也累積成為我日後公餘私下從事文學創作可用的材料而言，堪稱一舉兩益。

此外，我公務上必須經常與瑞士官方機關、民間企業、工商協會、文化團體等方方面面接觸交流，練就了我與對方打交道，蒐集可以公開取得的法令、商情、政情及文化資訊等寶貴資訊的本事，更是逐步提升了德文文書寫作以及中德文字改寫互譯的技巧。當然，我運氣特別好，跟隨過的幾任主管長官都是我的貴人，他們耐心更是熱心地把十八般武藝傾囊相授，讓我有幸學會了純熟的公文寫作格式及公務行政的運作流程，對於後來我擔任歐華作協會長期間面對各方執行會務，受用無窮。幾任的長官教我，「寫奏摺」不要只是單純翻譯文章與報導，必須在綜合資料撰寫報告之同時，要有自己獨特的觀察分析與見解，才具價值。因此他們鼓勵我追根探源，必要時得事先做好功課，擬妥關鍵問題，約晤原文的撰述人或相關的官員，出差去當面請教，挖出其論述背後更多的意涵來。就這樣，日積月累，許多政治社會及文化方面的思索，每每竟也成了我日後筆下小說作品的素材或配料。特別是在處理僑務方面，曾歷見了許多人間飲食男女的故事，尤其那些出自於文化差異而導致的不幸跨文化婚姻，總讓人感受到許多無奈中的無奈。這些，配上我深入有心的當地社會觀察，往往都能成為作品裡的元素，運用我的烹飪之筆，蒸煎炒炸出道道下飯的菜餚來。

與瑞士前妻十年的姻緣盡了之後，一個人獨善其身孤居了二十年，讓我較能專注筆耕。這時我開始思考，歐美與日本都有傑出的偵探推理小說瘋迷全球，華文世界也不該缺席啊。自此我便開始下海，從事在華文文學天地裡向稱冷門難近的推理小說創作，並抱懷一股旺盛的企圖心，決意運用我的德文專長從事推理小說的發表，將我在瑞士生活幾近五十年對華洋文化及思維的觀察當素材，融入作品的情節裡，實踐我在這門文學向來主張「心懷臺灣，立足大陸，走向國際」的心願。

勞心的歐洲打拼

丘彥明

一百年前，叔公乘輪船赴美國哥倫比亞大學深造，成為家族第一位離別家國遠渡重洋的先鋒，開啟舅舅、姨母、表兄弟姐妹、外甥內侄，以及我們家姐弟三人先後的留學之路。有人學成歸國，有人從此長居國外。

親友海外紮根，讓我放棄在台灣累積十年經驗、前景大好的工作，追求遊學歐洲的夢想變得理所當然。

現實世界裡，我和表弟1988年分別抵達比利時布魯塞爾後，即住進了與表哥家相隔兩家門的一幢三層樓房裡；表哥遊說母親、舅舅和他三人合資把房子買下省去房租，計畫我們學成離開後再由他把房屋買回或出售。所以，我在歐洲生活初期有表哥、表嫂就近照應，有母親支援住房，加上個人多年工作的儲蓄，全然可衣食無憂。但，我腦海裡記存眾多留學生打工拼搏的故事，無限嚮往，於是強迫自己省吃儉用，例如：肉類買最便宜的雞翅、海鮮選最廉價——外國人捨棄的魚頭，自己烹煮三餐，水果則挑價格最低的蘋果。

說來好笑，我最早留學的「打拼」是這樣：平日清晨八時抵達就讀的布魯塞爾皇家藝術學院油畫系上課，坐在班上筆記做得最好的同學身旁，她寫下什麼我照抄什麼。中午留在畫室裡邊啃蘋果當午餐，邊不停筆地作畫。下午五時放學回家，做一鍋最簡單、營養均衡的食物做晚餐，接著練一小時鋼琴。晚上八時去到所屬城市行政區裡的音樂學院上和聲對位樂理、視唱訓練、鋼琴演奏等課程。晚上十時回家後，開始端坐書桌前查字典，把藝術史、哲學、比較文學、心理學等的法文筆記譯成中文，理解後強記法文字彙，凌晨一、二時方才上床。週六及週日白天，基本上留在屋裡不停歇的練琴，晚上則捧讀與學習相關的各種中英文參考書。有時週末或假日搭火車去巴黎，直奔美術館，看完展覽即打道回府。

努力的成果，順利通過音樂學院理論考試，並於兩年後審核鋼琴彈奏，取得最高級結業證書。

皇家藝術學院的學習，不論油畫或學科，都得到很好的成績，十分快慰；但第二年結束後選擇休學結婚，隨夫婿唐效前去美國工作，一年後跟他回到荷蘭定居。學校幾次來信催促復學，唐效願意支持我回去攻讀學位，我考慮再三最後決定放棄專心做好家庭主婦。

仔細回想實在慚愧，我的留學生涯說穿了完全是一種沉浸於藝術饑渴的掠奪，根本是為達到自我感性與知性的滿足，「打拼」純屬虛幌一遭的表象罷了。

結束留學生活改變身份成為家庭婦女。荷蘭社會福利好，唐效擁有博士學位又有符合專業的穩定好工作，買房、購車；我不必操心生計，每天親手烹製美食、保持房子窗明几淨、花園鮮花似錦、菜圃青蔥繁茂，時不時規畫吃餐館美食、看博物館、聽音樂會、看電影、度假…，還有大把時間用來寫作、繪畫、彈琴、閱讀，自娛自樂。日子悠哉，更加享受歐洲的閒散生活而非打拼了。

原以為將如此終老，倒也心滿意足。誰知2008年1月，唐效愉快工作長達15年15天的跨國大公司De Beers，因工業部Element6所轄荷蘭分公司經營虧損，決定關閉；我們的生活徹底改變。

荷蘭分公司將遭裁撤，唐效很不服氣，認為賠錢問題出於公司結構不對、管理不善，捨不得自己和團隊多年研發成果灰飛煙滅，不甘心關閉停產機器慘遭破銅廢鐵處理的命運，面對為失業憂心惶惶的同事，身為部門經理的他誇口豪語：「不怕，我把『熱沉』（Thermal）部門買下來，大家繼續工作。」

唐效口氣大，源於他曾利用業餘幫忙一位溫州餐館老闆出謀劃策，陸續在溫州、上海、天津、成都開公司建工廠，外銷窗簾配件非常成功。2006年，這位朋友想出資數百萬歐元收購泛歐洲的窗簾配件企業紐威（Newell），請他出馬代表談判。唐效推敲完整資料後嚴肅提議：不單不可花錢收購，反而要對方倒出一筆錢來。朋友認為簡直天方夜譚，但同意唐效以自己的方式談判。幾次交峰下來達成目的：以「股權收購」取得紐威公司的經營權，接收其供應商與客戶以及日後可能承擔的法律責任，由賣方支付「收爛攤子」費用近千萬歐元，買方提撥等額歐元留存公司帳戶做為營運資金。唐效初次收購國際公司，出手即斬獲全勝，讓他對收購E6荷蘭分公司熱沉部門信心滿滿。

見唐效一派「雷鋒精神」，信誓旦旦收購公司，我五味雜陳戲稱他「唐鋒」，滿懷疑惑：先不提買生意，單單買下所有生產機器設備、幾百平方米的無塵空間（新建相同體積的超淨室需要二百萬歐元），那來的錢？再說，一家世界500強的大公司怎麼可能放下身段，和旗下分公司一個小華裔工程師洽談買賣公司的事？但，我把憂慮隱藏心底深處，反正唐效可領優渥的遣散費和失業金，一段長時間生活不必操心，就由他去折騰胸中大志吧，免得遺憾；何況倘若失敗，以他的學經歷再找一份穩定工作絕無問題。再說，我也可以重出江湖。

積極展開收購準備，唐效特別找來擔任過他上司的英國同事Clive Hall合作。唐效主導談判，可惜進展並不順利，就在幾乎放棄時，我接到熟識的羅益強先生電話——他正巧因事剛飛抵荷蘭，正是天降救援。

羅益強先生人稱「台灣飛利浦先生」。原任飛利浦公司台灣總經理，升遷荷蘭總部副總裁，主掌飛利浦全球電子組件事業，成為飛利浦董事會百年來第一位進入管理核心的亞洲人；也是台積電能夠成立的重要推手。

馬斯河畔一家幽靜的餐廳裡，唐效對羅益強夫婦全盤托出收購談判過程，搖頭嘆氣：「我已經沒牌了。」羅先生一直認真傾聽，這時笑意濃濃：「我怎麼覺得所有的牌全握在你手中呢？」瞬間唐效眼睛發亮，恍然會意激動地說：「啊！懂了，謝謝指點。」目睹「拈花微笑」禪語、禪境這幕再現，我張口結舌。

數天後談判情勢逆轉，唐效完全以預想的價錢和E6簽約，大獲成功。緊接著得迅速募集資金，我們謹從羅先生的勸戒，絕不向朋友借錢；思考後，主要懇請原公司產品的幾位原海外地區代理投資，鞏固合作，立即獲得肯定回應；另則邀約瑞士Meyco公司加入，成就一樁奇緣。

Meyco原是E6的競爭對手。E6結束荷蘭分公司，Meyco適時吞併鑽石手術刀技術與生產部門，必需在當地尋求瞭解產品情況和管理的人才。Meyco創始老闆Anton Meyer和兒子——總裁Thomas Meyer找唐效談話一小時，之後共進晚餐，直接問他願不願意擔任荷蘭分公司負責人？唐效坦誠直言：正準備收購E6的熱沉部門，如果成功，Meyco願意投資他會很高興，到時可順便幫忙Meyco。Meyer父子當場爽快答應。

籌募購買公司資金，唐效按口頭之約，一個電話打去瑞士。明言請對方守信投資，但只能分給百分之十幾的股份；Meyer父子不以為忤，馬上電匯出全額投資金，任何單據、書面證明都沒要。原本不相識的雙方，如此簡單地惺惺相惜成為合作夥伴。

唐效順利買下E6熱沉部門包括所有設備，且租用辦公室和工廠，留用原本6名骨幹加上他自己與Clive共8人，成立了新公司《Mintres》——取「最小熱阻」（minimum thermal resistance）的意思。2008年3月1日正式開幕，主要研發鑽石、氮化鋁金屬化，散熱特質等高科技產品。運行一年後營收小幅虧損，2010年一下子成長50%，很快損益兩平。而後公司每年能有15%～30%的增長。2017年，買下公司所在的整幢建築物及土地。如今員工由8人增至40人，已屬荷蘭中型企業。

唐效創業，我不懂技術，沒參與實際研究開發或成品生產，卻維持做一位很有耐心的傾聽者，每夜從他口中瞭解公司各種運作，事無巨細包括：研發構想、客戶接觸、與代理間的溝通、機器的問題、人手的調配、銷售變化、貸款進程、財務細目、人事困擾…讓他在敘述中重新梳理思緒得到解決方向，同時從旁觀者清的角度給予適度提醒與參考意見。週末到了，只要他喊叫一聲：「需要精神支援啦！」我馬上二話不說心甘情願陪伴工作去啦。

世界經濟的盛衰難預料，身在江湖為能永續經營好事業，唐效不停歇地盡心盡力，我跟著步步勞心。這十二年度過來百味雜陳，倒真感覺自己是在歐洲「打拚」，而且沒完沒了！

上蒼眷顧殘陽如火

白嗣宏

1988年10月2日，一架蘇聯航空公司北京至莫斯科航班的伊爾-62客機，從北京首都機場起飛，飛向莫斯科的舍列梅傑沃國際機場，我帶著妻女坐這個航班飛向莫斯科。我是應蘇聯新聞社新聞出版社的邀請，前去擔任中文編輯部的編審。

到了莫斯科機場以後，新聞社派員接機，送到該社外國專家的公寓樓。第二天，蘇新社專門出版外文書刊的新聞出版社社長和副社長接見，表示熱烈歡迎，說是有不少中蘇友好的工作要做，包括出版客觀介紹蘇聯情況的刊物和書籍。我是第一位應聘的中國專家，出版社共有五十多個國家的專家。

休息三天後，正式上班。中文編輯部主持日常工作的副主任達維多夫先生，中文專業出身，曾任塔斯社記者，溫文爾雅，多有關照，特別是在順利進入日常生活秩序與工作節奏上，給了不少幫助。蘇聯瓦解之後，新聞出版社解僱全部外國專家，多虧他的安排，我們才得以度過難關。

蘇新社新聞出版社編審工作，對我來說，得心應手，雖說大部分翻譯成中文的檔案和作品，都沒有到達職業翻譯的水準，因為譯者都不是俄文或者中文專業出身，只是特殊情況下的產物而已，審校很是費勁。出版社領導安排一些重要作品由我直接譯出，如《蘇聯文藝集錦（1989）》，《繆斯巡禮》等。每週只需到辦公室工作兩天，其它時間在家辦公，這樣就給了我不少機動時間。應蘇聯外交大學邀請，經新聞社領導批准，擔任博士班的高級翻譯課教授。這在當時也是難得的，因為蘇聯職工一般是不能兼職的，需經特別批准，而在莫斯科的中國專家只有我一個人。蘇聯廣播電臺中文部主任巴本科，特別邀請我去作客，還問我如何邀請中國專家。

日常工作就這樣按部就班地進行著，還參加一些其他與創作有關的活動。有一次是去阿拉木圖參加蘇聯作家協會召開的蘇聯文學作品的翻譯研討會，與哈薩克大學的一位中文教授相談甚歡，日後他曾出任哈薩克斯坦共和國駐華大使。另外曾經參加接待中國世界知識出版社的代表團，那是戈爾巴喬夫訪華之後，雙方協議出版中文版《旅伴》雜誌。我參加過該社《世界小說佳作叢書》的選編工作和翻譯，發表過俄國作家安德列耶夫的心理小說《思想》，說來都是熟人。《旅伴》雜誌中文出版了一段時間，頗受歡迎。後來因為俄國政府停止向出版社提供外匯，刊物沒有俄方補貼，宣告停刊。

蘇新社經常舉辦一些文化活動，一些知名作家學者前來演講，使我大開眼界。1988年底1989年初蘇聯改革進行得熱火朝天，我從清理資產階級污染的中國來，看得目瞪口呆。50年代留學期間的蘇聯同這時的蘇聯相比，新鮮事物太多了。就拿帕斯傑爾納克和阿赫瑪托娃來說，留學期間課堂上官方都是批判的對象。這時發表了他們的禁書，親自閱讀之後，才有了自己的觀點。電視臺直播最高蘇維埃大會，全城空巷。許多慷慨激昂要求改革的呼聲，都是在戈爾巴喬夫提出公開性和新思維的環境下得以出現的，這是我們留學時期完全沒有的現實。在與同事們閑談時得知，自從安德羅波夫主持工作開始，蘇聯就在運動中，這場運動是新時期的必然，蘇聯新聞社起了很大的作用。原來蘇新社同塔斯社不一樣，是一個有獨立思維的新聞機構，不乏獨立思考的新聞工作者。有不少是蘇聯高級領導人的子女，赫魯曉夫的女兒、《消息報》總編輯阿朱別伊的夫人拉麗莎，就在新聞出版社工作。我曾向同事們請教，為什麼蘇新社在這場改革運動中打先鋒？他們的回答是：我們經常出國，親眼看見西方制度的優點，也同蘇聯的現實和體制對比，結論是：出路只有改革。我親眼看見蘇共是怎樣一夜之間垮臺的。

到了莫斯科之後，才知道蘇聯的現實。日常生活更是令人驚訝，1988-1989年，蘇聯處於「稀缺經濟」之中，食品和日用品極為缺乏。食品店裏平時沒有肉類食品，只有不定期地拋出一部分。居民就經常排隊，今天也許運來，也許空等。

我正好碰上蘇聯末日的幾年，目睹蘇聯體制窮途已盡的現實。關於蘇聯體制壽終正寢，眾說紛紜。我是目睹者，沒有主觀設限，只是看到眼裏，記在心裏，想在腦裏。

1991年，蘇新社宣佈解散，由新建立的俄新社接管，停止外匯撥款，解僱全部外國專家，這是意想不到的事。中文編輯部的主任達維多夫先生通知我說，莫斯科市政府希望我留下來。莫斯科市政府參加聯合國下屬的世界大都會聯合會，準備出版中文版的《METROPOLIS》雜誌，現在出版有英文版，法文版，俄文版。中文版則想與中國合出，當時中國一些出版社也確實與外國刊物合作出版中文版的雜誌。我接過這項工作後，曾同北京、上海和廣州熟悉的出版社協商，但是沒有結果。

1991年7月，莫斯科副市長貝斯特羅夫先生接見我，說是這樣的專家很需要，希望留下工作。一是他立即打電話給蘇新社領導，說明市政府挽留我工作，要求確保現在居住的市政府公寓不動。二是安排參加聯合編輯出版中文版刊物。這位貝先生，身兼許多要職，最主要的是蘇共中央辦公廳副主任。九十年代起，二十多年來有他關照，解決不少問題。後來因中國的出版社對出版這份雜誌不積極，最後也沒有辦成。他又安排我到國際經濟家協會工作，負責亞洲事務。我瞭解，國際性的學術團體在中國不是隨便可以建立分會的，就轉向東南亞。天無絕人之路，也許是命中注定，恰在這時，中國社科院的朋友介紹一位香港上市水產公司老闆到俄國來尋找商機，相處融洽，建立互信，他邀請我擔任集團董事長助理。

因在新聞社工作，接觸不少俄國各界人士，漁業部找到了關係，得到安排去見部長（也是國際經濟家協會的會員），部長推薦去遠東幾家大型國營水產公司洽談。就在去海參崴前夕，8月21日，在克裡林姆林宮旁見證了軍事政變的下場，見證了蘇聯的末日。正是這次軍事政變，動搖了戈爾巴喬夫的執政權威，打破了戈爾巴喬夫挽救蘇聯的夢想，把戈爾巴喬夫更新蘇聯的努力毀於一旦，從此蘇聯和俄國進入動蕩時期。香港公司的工作，給我增加了實體商業的體驗，工資也解決了一家生存的問題。

也是在九十年代，中國銀行（俄羅斯）聘請我擔任顧問一職，負責分析俄國轉制時期的金融政策，從事中俄和東南亞經濟體制轉換的比較研究，編製《俄羅斯金融簡報》，每月兩期，深入研究俄國轉型時期的金融，是一件很有趣的工作。

90年代初，一個偶然的機會，香港《明報月刊》的記者阮小姐到俄國來採訪，需要論述蘇聯作家協會和蘇聯文學變化情況的專稿。她約我給月刊寫文章，從此開始我後半生重要的內容，國際時事的報導和評述，變成俄國時事評論員。

1996年，承蒙老友章海陵推薦，總編邱立本先生約請，將近二十年擔任《亞洲週刊》的駐俄國的特約記者，有機會發表了近兩百篇文章。與俄國人民共同生活在同一個屋簷下，休戚相關，脈搏與共；日常生活與俄國民眾一樣，柴米油鹽、排隊、發牢騷、插科打諢，自由討論國家大事，不帶任何框框，記述評論天天發生的大小事件，既能客觀反映俄國現實，又能瞭解事件的內幕和背景，民眾對事件的評價，一個真實的轉型中的俄國，躍然紙上，其中有些文章還由中國《參考消息》報轉載。

與此同時，沒有放棄對中國和俄國電影的研究及協助交流。我是從八十年代開始系統接觸電影研究，得到一些中國電影界朋友的指導，參加過一些研討會，特別是參加有關現代主義的學術會議。現代主義在二十世紀的藝術發展進程中，起著很大的作用。現代主義藝術家敢於創新，敢於打破框框，為二十世紀文化發展做出了傑出的貢獻。到了俄羅斯，我有機會協助促進兩國電影家協會的交流合作，多次陪同俄國電影家協會攜帶新影片，參加中國的金雞百花電影節，也多次陪同中國電影家協會代表團參加莫斯科國際電影節，雙方建立了長年合作的關係。中國出產的影片也有安排參加其它俄國舉辦的各類國際電影節，多次獲獎。在我的策劃下，在中國舉行多次俄國電影展，在俄國也舉行多次中國電影展，我撰寫的影評在大陸和香港都獲刊登。

這些年來，就是這樣的自由生活、自由思考、自由寫作，晚年如此，足矣。

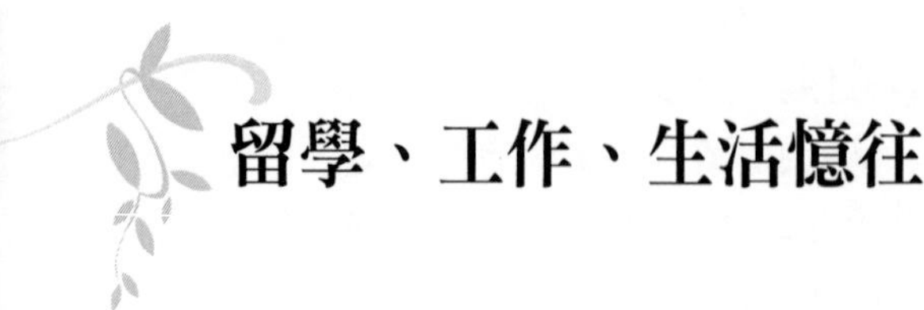

留學、工作、生活憶往

莫索爾

一九六三年一月六日，我和幾位同時考取西班牙獎學金的同學，抵達西班牙海港城市巴塞隆納。經過近一個月的海上航行，當火車從馬賽抵達巴城時，雖然十分疲倦但心情興奮，畢竟一個陌生異域城市帶來了新鮮與好奇。當晚我們乘火車去馬德里，冬日的夜似乎特別長，直到早上八點多天才微亮，中華民國大使館的練日扶秘書把我們接送到東方書院，開始了留學生涯，誰想到會在這裡生活五十多年，真是往事如煙，不知從何說起。

一九五〇、六〇年代，台灣經濟尚未起飛，社會安寧，人民生活清苦但勤奮工作，青年學生升學壓力大，大學畢業後出國深造似乎是首要的選項。一九五二年我以同等學力考取台大外文系，主修英文，畢業去美國留學看似順理成章，但卻困難重重。首先，完全沒有經濟能力，後來得到美國南伊大的獎學金，美國在台使館又不發簽證，理由是隻身在台，恐有留美不歸之嫌。美國去不成，祇好另行嘗試其他國家，如加拿大、德國，恰巧此時教育部舉辦西班牙獎學金考試，姑且一試，結果竟然錄取，來到這個從未想到會來留學的南歐國家。

書院（Colegio Mayor）在西班牙並不是大學的學院，更非我國古時講學的書院，而是學生住宿的宿舍，但卻具有訓育的功能，住宿學生必須在大學讀書成績過關，品性良好，由院長審核通過。東方書院其西文為聖方濟各書院（San Francisco Javier），因其為十六世紀在印度、日本傳教一心想去中國，但是後來死於澳門一小島上的耶穌會士，而被中國學生稱為東方書院，其實學生大部份為西班牙人。我們獲得的獎學金就是東方書院給的包括免費食宿，以及在馬德里大學就讀，免繳學雜費等，但暑假書院關門兩個月，必須搬出自理食宿。

我在馬德里大學讀博士班，選修四門課。西班牙語文是最大的難題，一位比我們先來的蕭姓同學在馬大教育系就讀，班上很多女同學，他請她們抽空每週來與我們聚會，教我們西文，主要是練習會話。其中一位女同學在馬大藥劑系就讀，我們交往後彼此產生感情而至戀愛、結婚，此是後話。

那時有一個秘魯人常來東方書院串門子，他說是馬大學生，但他的目的卻是為外國片商物色中國同學充當跑龍套的角色，畢竟東方人在當時極少，在他的牽引下我們拍了好幾部電影，賺了些外快，對當時窮學生來講是一個很大的幫助。我記得拍的第一部電影叫「婚禮」，我和另外一位同學扮成觀光客觀賞佛朗明哥舞蹈，鏡頭對準我們拍了幾回即結束。我拍的最有名的電影是「齊瓦哥醫生」，我們一群東方人扮成西伯利亞的農夫。在寒天地凍下參加一場出殯，緩步前進，哀樂奏鳴，注視棺木入土。這一段是該片開始的前奏，在馬德里近郊的荒野拍攝，每次重放我都能看到當時的身影，回想起當時的情形。一個鏡頭可能要拍很多遍，直到導演滿意為止，因此大部分的時間都在等待，乾耗竟日，報酬為十元美金（那時尚為金本位制）。

在馬大的博士課程一年後順利通過，開始準備論文的寫作，這也是讀博士最大的挑戰。我選的題目是中國民族英雄岳飛與西班牙傳奇名將El Cid的比較研究，也確定了指導教授，收集資料。但論文寫作一波三折，主要是不能專心。修完博士課程後，我報名剛成立的圖書資料管理學校，讀兩年的專業課程，後來又當了大使館武官處的僱員，接下去擔任中央社的記者，論文的事早就拋諸腦後，不復提筆，不能不說是求學過程的一大遺憾。

我讀圖書資料管理學校並未投入，對課程興趣不大，但對西班牙國家圖書館的中文書籍，他們歸類為稀有書籍，作了一番整理，並對每本書作簡短介紹，大概有幾十本，有些是天主教傳教士所撰修身養性的書籍，這份報告曾刊登在西班牙圖書雜誌。

一九六六年中央通訊社駐馬德里記者調往秘魯，我接任了該項職務，有了固定的工作，雖然開始時收入菲薄。前面提到的與西國女子的交往，已經有了穩定的進展。記得當時約會，常前往她宿舍附近一家咖啡館，十分陳舊，但價格便宜，一坐幾小時，並不浪漫卻感情深厚。次年我們終於在馬德里結婚組成小家庭，內人是西班牙南部人，篤信天主教，心地純良，在藥劑系就讀，課業繁重，我們夫婦相愛互相敬重，已逾金婚之慶，是我人生的大幸。後來她父親去世，她接掌經營藥房支撐我們這個小康之家。來西班牙留學與西國女子結婚都是命運的安排，人生際遇難料也。

記者的工作多樣，但也是每天重複寫稿發電，讀報採訪，需要的是靈敏的新聞警覺性與紮實的寫作能力，而廣泛的人際關係更是重要。一九七三年三月九日下午一個西班牙記者朋友來電話說，西班牙要與中共建交了，當天的《民眾晚報》刊登了消息，我趕緊去買了該份報紙，頭版登的大新聞，報導西班牙與中共在巴黎祕密談判已經達成協議，即將於次日宣佈建交。那時歐洲許多國家已經與大陸建交，堅決反共的佛朗哥會否跨出這一步，令人憂心。尤其中共已進入聯合國，一九七二年西班牙外長在聯合國與中共人員會面等均透露出跡象。《民眾晚報》是份權威性的報紙以消息靈通，敢言著稱。我根據該項報導趕緊撰寫一條新聞稿，以電話方式發往臺北總社，發完後已是晚上。於是打電話給薛毓麒大使，我知道大使當晚在家有重要宴客，本不應打擾，但事關緊急。薛大使聽完沉默了片刻說，家中正有賓客，事後處理。第二天我參加了西班牙內閣會議後的記者招待會，新聞觀光部長貝亞（Sánchez Bella）主持，證實了《民眾晚報》的消息，宣佈西班牙與中華人民共和國建交。他在記者會後對我說，相信台灣問題將來有圓滿的解決。一個月後中華民國大使館降旗閉館，許多僑胞、留學生在場含淚看著國旗冉冉下降，終結了兩國二十年的邦交。

事後獲知，我所發的西班牙與中共建交的新聞，是臺北總社最先收到的消息，早於其他通訊社，可說拔得頭籌，因此社方曾予嘉獎。

一九八七年我已擔任駐馬德里記者超過二十年，社方乃調我任駐阿根廷特派員，我們舉家欣然前往這個美麗的南美國家，不久因岳父藥房需要，內人與女兒不得不返回西班牙，他們雖有時來阿根廷小聚，但家庭分散究竟不是長久之計，考慮再三，最後決定申請提前退休，返回西班牙。中央社的工作是我人生最重要的經歷，是記者生涯的主軸，早退至今想來仍感到不捨。

因緣巧合，我返回馬德里隨即被任命負責中國國民黨西班牙黨務工作，並管理為留學生服務的華興社，後來又擔任臺北中央日報的特約撰述，報導分析歐洲政情，顯得相當忙碌。黨務工作直做到一九九八年屆齡退休，為中央日報撰稿則持續到該報停刊。這段期間我與西班牙僑界、留學生聯繫頻繁，參加許多活動，更參加歐洲僑界的聚會如歐華年會、歐洲華文作家協會等，除了為中央日報撰文，也為香港的「新聞天地」、臺北的「新聞鏡」等供稿，可謂筆耕不斷。

一九九二年奧林匹克運動會在巴塞隆納舉行，中央日報希望我就近協助採訪，奧委會對各個媒體的名額有嚴格的限制。記者證一證難求，我鑽空子發現可以「在地翻譯助理人員」的名義申請，竟然成功，事隔多年對當時的賽事已經模糊，只記得每天在新聞中心、賽場、臨時住宿處打轉，生活作息飲食等混亂，十幾天下來瘦了四、五公斤，沒想到採訪奧運還有減肥的功能，但畢竟是我採訪過的最盛大的體育賽事。

二〇二〇年「歐華作協」將屆成立三十週年，擬出版一本紀念文集，要求會員寫一篇文字敘述在歐打拼的經驗，我憑記憶寫出此文，趁米壽前夕記述在西班牙五十餘年打拼的點滴。人生彈指間文章千古事，大家努力共攀高峰。

在歐洲生活半個多世紀

池元蓮

從童年開始，我就仰慕歐洲文化。那是因為受了我父親的影響。

父親在1920年代留學德國和奧國，獲得維也納大學醫科博士學位後，返回中國行醫。我年幼的時候，最喜歡聽他講述他在歐洲做留學生的各種趣事，又跟他學唱德國民歌；因此對歐洲產生了很大的興趣。沒想到，我自己長大後竟然會在歐洲生活了半個多世紀之久。

首次踏上歐洲的土地

當年，我在國立台灣大學念外文系，同學們大多有計畫，畢業後到美國大學的研究院進修。我跟他們一樣，也有到美國去留學的打算。

可是，畢業後回到香港，父親問我：「元蓮，妳想到德國去念書嗎？」

父親的這一句話改變了我的前途。

原來，當年的西德政府給了香港五個優厚的獎學金，旅費、學費、生活費等全都包括在內。同時又規定，只有國立台灣大學和香港大學的畢業生才能申請。我是台大畢業生，有資格申請。

可是，我當時不懂德文，因我在台大修的外語是英文和法文。於是，我趕緊拿了兩本德文教科書，在家裡努力自修了一段時間，便大膽的前往德國領事館考口試。結果，我獲得了為期三年的獎學金。

1963年的一個三月天，我首次踏上歐洲的土地。至今記憶猶新，我從香港乘飛機到了德國的法蘭克福，然後轉乘火車南下慕尼黑。我單獨一個人提著小皮箱，走出慕尼黑總火車站，見到大街上已經華燈初上。當時，我面對的第一個問題是：「今天晚上到那裡去過夜呢？」舉目四望，發現火車站附近有許多旅店，於是挑選了一家規模比較小的，就到那裡投宿過夜。次日一大早，便到城內的歌德學院總部去報到。

龜兔賽跑

歌德學院首先把我送到位於德國南部的分校去修讀德文。分校的所在地名叫Murnau，是一個坐落在白雪皚皚的高山之下的村子。該處的湖光山色美麗非凡，叫我這個在大城市長大的人著了迷。村子裡的居民把他們屋子裡多餘的房間出租給外國學生。我就住在一家村民屋子的頂樓房，跟一位來自南美洲厄瓜多爾（Ecuador）的女學生同房。這位南美洲女子長得很高，比我整整高出一個頭。每天早上，我們一起站在小鏡子前梳頭髮——我在前，她在後，彼此不阻擋對方的視線。

分校的學程分有初級一、初級二及中級等三個學程，每一學程為期三個月。經過分級考試，我竟然被分到最高的中級班。開學的那一天，我大吃一驚，因我的同班同學有一半以上是來自南美洲各地的德國人後裔，他們的母語根本就是德語。而且，教師在課堂裡教的已經是德國文學。那時，我稍懂德文文法，但在字彙、造句、作文等各方面的知識都極為有限。我本應自己要求降班，從頭開始學。但我沒有那樣做，強迫自己跟上去。

在過後的三個月，我常常覺得自己是一隻小龜，跟著一群兔子往前爬。小龜爬得相當辛苦，但有耐勞精神。每天下課後，我回到住處就在房間裡埋頭查字典。結果，我期終考試及格，回到慕尼黑的學院總部開始正式受訓。

歌德學院不但讓我們這些外國學生在課堂裡學習德國文學，而且給予我們很多的機會，從實際生活中吸取德國文化。每一週總有一個晚上，學校替我們買好門票去聽歌劇或音樂演奏。每一個月總有十天左右，學校租用旅遊車把我們送到德國各大城市和名勝地去觀光旅遊，每次出門旅行總會有一位教授做我們的領隊，從旁講解。

留學德國的三年很快就過去了。歌德學院問我，要乘飛機還是坐船回香港，我選擇後者，於是，學院替我買了義大利郵輪「亞洲」號的船票。郵輪的出發點是義大利的熱那亞港（Genoa），沿途停泊好幾個港口，整整一個月才到達香港。六〇年代的義大利遊輪富有羅曼蒂克的氣氛，是蘊釀羅曼史的溫室。我在船上遇到了一位紳士風度十足的年輕男士。他來自丹麥，名叫奧維（Ove）。奧維與我在郵輪上度過了很羅曼蒂克的一個月；可是，下船後，我們便各奔前程。那時我心裡以為，這段短暫的船上羅曼史會隨著時光的消逝而煙消雲散。沒想到，那顆愛情種子竟然落地生根，在泥土下慢慢的往上生長。

我在香港待了一段時間，便飛往美國的三藩市，進入我已經嚮往多年的美國高等學府——加利福尼亞州大學的柏克萊（Berkeley）校園去修碩士學位。

重返歐洲

在過後的五年，奧維和我生活在不同的地方，過著不同的生活；可是我們一直保持書信來往。由此，我對他的高尚人品和性格有了深入的瞭解，越來越欣賞他。我終於認為，他是做我終生伴侶的最理想人選。

於是，我在1969年的一個寒冬日重返歐洲，與奧維在丹麥結婚。我的女朋友們跟我開玩笑，說我是現代王昭君出塞。我的父母親更為我擔心，嫁到這樣一個遙遠的北歐國度，在那裡又無親無戚。

果然，我在丹麥生活的頭幾年，對新環境有格格不入之感。經過了一番精神掙扎，我決心留在丹麥，因為我珍惜奧維對我的深情真愛，也不願辜負了我家公和家婆對我的誠心愛護。從此以後，我全心全意做融入社會的工夫，把丹麥語學好，然後深入研究丹麥的風俗和文化，日常生活也完全跟隨當地的習俗。我們夫妻倆不但珍惜對方的優點，而且願意接納對方的缺點，因此我們的異國婚姻在過後的歲月裡長成一個和諧悅目的花園。

翻譯謀生，寫作歸根

適應了新環境之後，我便開始找工作。一天，我在報紙上看到丹麥政府招聘多語翻譯員的廣告，認為是適合我做的工作。過後的許多年，我的工作把我帶到國際政治會議、外交宴會、法庭審判、員警查案、監獄問話……等各式各樣的場合，也讓我有機會接觸到社會各階層的人士，從而加深了我對社會和人性的瞭解。

於此同時，我又踏上一個像探險似的精神旅程，我開始從事英文寫作，先後在紐約和新加坡出版了一本英文長篇小說和一本英文短篇小說集。

1990年是我寫作路程的一個重要里程碑。那一年，我到美國去探望我的母親和姐姐，在她們的家看到一份華文報紙，翻開副刊，發現那裡登載了許多精彩的華文作品。我在驚喜之餘，彷彿獲得天意的暗示，囑我從英文寫作回歸華文書寫。返回丹麥之後，我便立即用華文寫了一篇介紹丹麥的文章，投到《世界日報》的副刊，從那時開始，我回歸華文書寫。到了1997年，我把過去數年所寫的文章結集為書，出版了《歐洲另類風情—北歐五國》。

三十年之後的今天回顧，我認為當年的回歸華文書寫，實在是一種心理上的歸根之行。

勇敢進入挑戰性的寫作領域

2001年的一天，我收到一封從台灣寄來的信。寫信的人是世界首席華裔性學家阮芳賦教授。他說在一家出版社看到我寫的女性文學稿，立刻決定邀約我替他所創立的《萬有性學文庫》寫一系列的書。

對我來說，這是一個很大的挑戰。我並非職業性的性學家；然而丹麥是世界上最注重年輕人性教育的開明國度，參考資料豐富。於是我勇敢的進入這富有挑戰性的寫作領域，在五年之內完成了四本性學書，其中以《兩性風暴》最受讀者歡迎。該書出版後被中國大陸的許多網站連載；光是新浪網的全書連載，讀者點擊數就超過二百五十萬。

人生最大的改變

我人生的最大改變發生於2010年。是年奧維去世。

奧維得到醫院的通知，他患了「肌萎縮性脊髓側索硬化症」，這是世界上最恐怖、最殘酷的腦科病。我依照奧維的願望，讓他留在家裡，由我親自照顧他。我陪著他跟猙獰的病魔奮戰了兩年零七個月，看著他的身體慢慢的失去了所有的肌肉。最後，他連飲食和呼吸的功能也失去了而死亡。

奧維去世後，我把他的骨灰撒入大海，這是他的最終願望。然後，我整個冬天在家裡對著電腦寫作，完成了《丹麥之戀》，把奧維與我的故事寫出來。

時光飛馳的速度似乎隨著年齡的增長而加快。不知不覺，我在歐洲生活的歲月已經超過了半個世紀。回首望過去，我在腦海裡看到自己划著一隻小木舟，在人生的大河上航行，如今，輕舟已過萬重山。我僅希望大河的前頭，不會再有急流險波的出現。

夢迴現場

麥勝梅

明明知道終有一天要告別職場，但我卻眷戀著不肯離開，畢竟是「35年的職場啊」，在退休前夕我也免不了喟然一番。

這些歲月是值得懷念的，尤其午夜夢迴時，太多的人和事不時地環繞著我，還有我最熟悉不過的現場。

《現場一》

時間大概在1983年，E城發生了一宗滅門案，一家四口的越裔家庭被發現在家中慘死於血泊中，受害者的頭部和臉部全遭重擊，胸部和背部被利刃捅入，死狀慘不忍睹，莫不是兇手與死者有深仇大恨，出手那麼地心狠手辣？

為了偵查這宗滅門案，德國警察局幾乎把全市的越德翻譯員都請來協助辦案。然而，經過一周的偵查，警方仍然束手無策，一無所獲。

當時，我在AC城就讀社會學系碩士班，臨時也被找來充當翻譯員。我必須承認，我沒有去過發生命案的現場觀察，也沒有目睹那些屍骸，但是，一聽說其中一具女屍上留下了AC兩個血跡字母，已經不寒而慄了。

我趕到W小鎮的警署時，看到多位越南人正在接受問訊，人雖多，但卻意外的鴉雀無聲，本來相識的，也不敢在此時寒喧問暖，大家都裝著互不相干的樣子。這裡的氣氛確實有點緊繃，尤其面對員警的咄咄逼人的問話，被問詢的人總是三緘其口。

在場的通譯員都是男性，只有我一人是女的，也許就正因為如此，負責偵查的警官一開始就對我說話比較溫和，而我也盡量平和地傳達他的問話，讓恐懼的氣氛稍為舒緩一下。

結束了一天的工作，天都黑了，警察先生自動要送我回家。在路途上他告訴我，在我的循循善誘下，被傳訊的人終於提供了一些重要的線索，我聽了很欣慰，感到自已有點「小兵立大功」的模樣。

後來兇手被捕了，涉案的動機也真相大白了，原來他和受害者是相識的，在出事之前的幾個星期，受害者曾經拒絕借錢給他，所以他便懷恨在心，竟然上門尋仇去，先把女人和兩個孩子殺了還不罷休，令人毛骨悚然的是，他竟然還留在現場等那個家庭的男人傍晚回家，再下毒手。可憐的一家四口，就慘死於這個泯滅人性的殺人犯。至於AC兩個血跡字母，是他故意留下錯誤線索，讓警方以為兇手是住在AC城內的越南人，害到好多住在AC城內的越南難民都互相猜疑、驚恐不安，甚至被傳去問話。

我永遠不會忘記，現場中那一張張驚慌得發青的臉孔，在我以後的翻譯生涯中，可以說，沒有遇到比這更驚悚的現場了。

《現場二》

一個中國女子，在邊境警察的詢問下顯得手足無措。

警察先生見到我趕到現場，連忙招呼我：「您來了就好啦！這位女士今天帶了一個嬰兒要從西班牙經法蘭克福到中國去，我們要瞭解一些情況，可是她只會說中文不會外語，無法溝通！」。

也就在這時候，那個中國女子變得情緒激動起來，衝著我大聲叫道：「你是中國人，要幫幫我呀！我又沒有犯什麼罪，他們為什麼要拘留我？」。

她的嗓子之大，震得我耳朵嗡嗡作響。

為什麼拘留她？才到現場幾分鐘的我，怎能回答這個問題。於是我告訴她，先不必緊張，我需要一點時間來瞭解妳的情況，才能知道到底是發生什麼事！

後來經過問話、偵查和做筆錄等漫長工作，終於「明白了」。原來那個女子既不是嬰兒的母親或親屬，也沒有嬰兒的父母給予授權書，所以被認為有「拐帶」嬰兒出境的嫌疑，更糟的是，與她搭乘同一班機的一位德國太太向警方檢舉她：在機上虐待嬰兒。

對於「拐帶」這個指控，根據她的解釋，是嬰兒的父母基於工作關係，沒法親自送自已孩子回中國給住在老家的父母代養，剛巧她這次要回國，他們便請求她代送孩子回中國。只是在機上嬰兒一直哭鬧不停，不肯睡覺，而她呢，怎樣哄也不能讓孩子安靜下來，在極度無奈和煩惱之下，她打了嬰兒的屁股幾下而已。

其實誰也不知道，嬰兒哭鬧不停的真正原因是什麼，也許，只有長期照顧他的母親比較知道吧！親情這個東西是很奇妙的，我相信母子之間存有一種不可理喻的默契，彷彿是天生俱來的本能，只要是孩子喊著「要媽媽」的時候，任何人也難以代替。

時間，就在我們一問一譯、一答一譯中過去了，終於可以結案了，我的事後工作是要把警方審判的結果告知當事人，跟著的是我們要在很多頁數的文件上簽字。那個嬰兒已交給少年局的社工人員看護，至於家長以後怎樣領回自已的嬰兒，已經不是我可以操心的事了。

於是，我舒一口氣，帶著慣有急速的步履離開現場。

《現場三》

傍晚時分，我接到一個電話，是G城難民營打來的電話，說有一位越南來的產婦已經被送入產房等待分娩了，需要我趕到醫院協助溝通。

半個小時後我到了醫院，一位值班的女醫師在櫃檯前，笑容可掬地和我打招呼，感謝我這麼快就到了現場。在我們步入產房前，女醫師讓我知道，產婦在一個多小時前因破水入院，希望我能協助她更詳細地瞭解產婦過去的病歷。在產房中，只見孕婦睜大眼睛、一臉詫異地單獨躺在床上，我用越語告訴她我是通譯員，將在她分娩時刻陪伴她，她頓時喜逐顏開說：「妳來了，我就不那麼害怕了。」

產婦的不安和焦慮是可以理解的，尤其在異鄉臨產，既不諳外語又沒親屬陪同下，實在是雙重的隱憂。

女醫師開始諮詢產婦的病歷，就此便開啟了我的翻譯工作。

兩個鐘頭過去了，她的陣痛變得有規律了，子宮口緩緩張開，然而女醫師說還要等，可憐的準媽媽！不知還要承受多少陣痛的痛苦。

「哎……我受不了，真痛！」

時間在慢燉慢熬，她在病床上不斷傳來呻吟，我得打起精神安慰她。

「醫師，她什麼時候才生呀？」我忍不住問道。

「再等一會吧！」女醫師說完就到別的病房去了。

我在想，女醫師是期待一個自然分娩。在這個時刻的待產婦應該有更緊湊的陣痛和子宮的收縮，同時加大子宮內的壓力，促使子宮頸張大，以便胎兒慢慢地通過子宮頸，滑出子宮口進入產道。

可是，已經深夜了，但是胎兒的頭還沒有朝向產道，產婦已精疲力盡了，嘴唇也變紫色了，臉色極為不好看。想起老人家說，女人生孩子就像走過一次鬼門關，我不禁也害怕起來，但還得強壓著心中的不安，偽裝自己。

在產房裡，袖著手，我踱來踱去。終於等到女醫師來了，她告訴我馬上讓產婦剖腹生產，於是我連忙轉告了她，看她露出十分痛苦的表情，我拉著她的手說：「再堅強一點吧，很快就會過去的」。

時間一分一秒地流逝，在產房外等著她的，不是她心急如焚的親人，而是一個與她素不相識的通譯人。

一個小時後，女醫師從產房走出來向我報喜：「母子都平安！」。謝天謝地，我可以準備回家了。回到家時，也許是太疲憊了吧，我倒頭就睡著了。

《後記》

現場的通譯，當然不是我工作範圍的一切，除了口譯外我還做筆譯，我從事這份工作已經三十多年了，我早已習慣了職場上的「隨叫隨到」，那些變化無常的社會的現場再也難不倒我了，我常常自嘲一番：已經看盡社會之「眾生相」，也因為如此，朋友們經常鼓勵我把所見所聞寫成一本書。

我深信，每一位成功的作家都有他獨特的人生歷練。例如英國名作家毛姆，由於父母早逝，從小由伯父撫養，支離破碎的童年生活，養成他孤僻、敏感、內向的性格。他19歲就讀倫敦聖托馬斯醫學院的醫科，和在往後他作為實習生的歲月裡，使他有機會瞭解到人民的生活狀況，他的第一部小說《蘭貝斯的麗莎》，便是根據他當年在貧民區做接生助理的時候寫的。

從23歲起，毛姆棄醫只專注於文學創作，成為一個專業作家。原來，文學是可以創造奇蹟的，至少，它能改變了一個人的命運。

寫作，在我來說只能算是業餘的工作。之前，我浸淫在的散文世界，而且樂此不疲，也曾經有過寫小說的熱情，但因工作的關係始終沒有寫出一本小說，寫小說要耗費大量的時間，而我大部份時間必須放在翻譯工作上，只能很遺憾地說，我錯過了創作小說的機緣。

如今，隔空與往事擁抱，也許可以自我期許一番：有一天，我的職場見聞也能成為我第一部小說的題材！

餐館老闆的無奈

謝盛友

我一些大學的同學和身邊的朋友們，在德國填寫表格時，都會在「Beruf」職業一欄裡寫上「Schriftsteller」，但我肯定填寫「餐館老闆」，因為作家和議員都是我的副業。

Tanja Kinkel是寫歷史小說的作家，她的小說已經銷售八百萬冊以上，她填表時填寫作家，因為她自己為自己支付社會保險。Nora Gomringer是德國著名詩人、藝術家學院院長，她填表時填寫院長，因為藝術家學院為她支付社會保險。Thomas Kastura是德國著名偵探小說家，連續三年榮登德語國家偵探小說銷售榜首，但是賣書的收入還是不夠養家糊口，他得在電視廣播台兼職，他填表時填寫電視廣播評論員，因為電視臺為他支付社會保險。

我所在的德國上弗蘭肯行政區，僅一百萬人口，但是，作家們湊到一起，竟然四千多人。上弗蘭肯行政區作家協會創建於1969年，它基本上是一個作家工會，加入協會者，可以享受「藝術家」社會保險（Künstlersozialkasse）。德國是全民社保國家，藝術家保險的保費要比其他保險公司的優惠很多。

德國政府鼓勵文藝自由創作，因此，1983年把藝術家社保納入德國的法定保險系統。在德國Künstler und Publizisten（藝術家、新聞記者、作家、時事評論員等）就是一個獨立的「老闆」，藝術家社保者在退休保險、醫療保險、護理保險等方面，享受法定保險相同的待遇，而只需交納一半的保費。按照德國的法定保險規定，上述法定保費，僱主和僱員各繳納一半，在藝術家社保系統裡，僱主的那一半由政府承擔。也就是說，作家、藝術家自己給自己打工，而在社保方面，政府又成了他們的「老闆」。

根據歐盟統計局做出的一項調查統計顯示，歐洲範圍內德國是擁有詩人和思想家數量最多的國家，在德國生活工作的作家和藝術家的數量達到33萬人。歐盟統計局所做的這項調查統計，不僅統計歐洲各國文化工作者的人數，同時也統計分佈密度。德國作家和藝術家在全部就業人員中所占的比例為0.8%，而在瑞典和芬蘭這一比例都達到1.5%。

在德國，遇到餐館同行，如果朋友介紹說：「他還是一個作家。」別人聽後往往是茫然的，他們不知道作家究竟是個什麼東西。知道作家是個什麼東西的中國文化人，他們固有一種優越感，第一懷疑：一個餐館老闆怎麼可能是作家？

誰是作家呢？我的理解是，寫書創作，自成一家。巴金是一個作家，他的長篇小說激流三部曲——《家》、《春》、《秋》和愛情三部曲——《霧》、《雨》、《電》，自成一家。

趙淑俠大姐1991年籌建歐洲華文作家協會，當年大姐邀請我加入協會。當時我對她說：「我這個寫時評的人，怎麼有資格當作家？時評發表在報紙上，今天是報紙，明天是廢紙。而趙淑俠，這三個字就是一個名片，你的小說《翡翠色的夢》、《賽金花》、《我們的歌》等自成一家，通過女人的命運看東西文化，或者通過東西文化看女人的命運，趙淑俠就是一個作家。」

美國人口普查局2015年公佈了在美亞裔的狀況，根據該資料顯示，美國華人人口總數已達452萬，其中自認為「中國人」的434.7萬，只認自己為「臺灣人」的17.3萬。華人是美國亞裔中最大的族群，也是所有少數族裔中僅次於墨西哥人的第二大族群。華人總體經濟狀況在亞裔中處於中下水準，受教育程度明顯高於美國總體水準。

在美亞裔不同族群的經濟狀況差距很大。最富裕的印度人，家庭中位年收入超10萬美元，而孟加拉人才5.1萬美元。亞裔家庭中位年收入72472美元，華人家庭中位年收入為68435美元，低於亞裔總體水準。亞裔的受教育程度較高，25歲以上的亞裔有學士以上學位的占51.3%，其中華人52.7%，遠高於美國人總體40%的水準。其中具有研究生以上學歷的華人占四分之一以上，遠高於美國人總體九分之一的水準。

美國公佈了這個資料後，德國VDI nachrichten（德國工程師協會週刊）2016年年初採訪了我。

根據聯邦德國統計局公佈的資料，第一代移民到德國的亞裔，其學歷並不高。根據該資料顯示，27000的越南人中，10000人從事餐館行業。15000的泰國人中有3000人。29500中國人中7000人。248000的亞裔中有48000人從事餐館行業，只有4500人在科研行業，3500人在機械製造行業，9400人在電腦行業。第二代第三代的亞裔情況則不同，德國458000亞裔中，117000人中學畢業，170000人完成職業培訓，110000人大學畢業。

我在接受採訪時說，「萬般皆下品，唯有讀書高」、「仕而優則學，學而優則仕」影響亞裔幾千年，幾乎沒有一個亞裔餐館老闆希望自己的後代繼續從事餐館行業。亞裔家長對小孩的教育是很嚴厲的。我的兒子在十八歲以前，晚上就不准外出，除非是學校或教堂舉辦的活動，十八歲以前不准擁有手機，我兒子中學畢業後在慕尼黑工業大學讀凝聚態物理，博士還沒有畢業就成家，有兩個女兒、一個兒子，博士畢業後在巴伐利亞科學院從事基礎研究，現在英飛淩公司任工程師。

華友速食店（China Fan Imbiss）1996年剛開張的時候，兒子正好開始上小學，現在我已經決定好，等到我孫女上學一年級，我就「金盤洗手」。

那時我還在萊茵筆會擔任副會長兼秘書長和留學生雜誌萊茵通信的副主編，身邊的朋友個個都有了博士頭銜，而我博士還沒有畢業，還得經營餐館，養家糊口，看到博士們個個風光，我心裡滋味複雜。

我自己有最經典的論述：「我們這代人生來就挨餓，上學就停課；該讀書的時候，我們在修理地球；該出成果的時候，我們卻在嚐寒窗苦；該有作為的時候，我們必須養家糊口。」好一首趣味的打油詩，其中的故事，又有多少現在的海外學子可以體會、可以承受？

有個餐館，小孩放學後回來吃飯，的確方便。我兒子在這裡吃飯、做作業，然後是我弟弟的兒子、女兒。現在回想，滋味甜美，畢竟從華友速食店走出一位凝聚態物理博士（我兒子），一位法律學人（我侄女），一位工程師（我侄子）。現在我太太的妹妹的女兒們還在本地上中小學，等她們長大了，我這速食店老闆真的該下課，甚至「畢業」了。

兒子中學畢業時，一位物理博士的同學Albert從美國來信祝賀我有這麼優秀的兒子，也肯定我這個老爸為了孩子做出的犧牲。兒子博士畢業時，歐華作協前會長俞力工也來信祝賀我，還讚美我和我太太是大家當父母的榜樣！其實第一代的移民註定要有所犧牲的，移民的故事和家庭是類似的，也各有各的喜怒哀樂。

我和一批朋友常討論「僑二代」的種種。大家一致認為，我們僑一代能吃苦，韌性可能比二代強，但不論如何發展，都看得到自己的局限。僑二代，三代固然沒有我們“開天闢地”的經歷，但其發展卻是無可限量，而且都遠遠超過我們所能預料。眼看著他們一個個出人頭地，至少證明「做父母的」盡了最大努力。

安家生活在北德，文化搭橋勤寫作

高關中

時間過得真快，明年（2021）就是歐華作協成立30周年紀念，而我自己到歐洲來打拼也已整整40年了。這幾十年，在北德安身立命，工作之餘，退休之後，發表了不少作品，人生沒有虛度。

我主要專注於列國風土和史地寫作，近年來又拓展到傳記文學範疇。說起寫作，還有一段故事。

那是1987年，我在漢堡大學經濟系，以外國留學生第一名的成績，取得碩士學位和博士生資格，開始在Schenk教授指導下，作為博士生深造。

可是我始終靜不下心來讀博，想一想，自己已經快37歲了，還沒有一份正式工作。妻子李嘉美陪讀，兒子高磊也在漢堡上了小學，我有責任養家啊！師友們告訴我，在德國工作不好找，特別是大齡的學者。如果讀完博士，就40多歲了，前途很茫然。

作為大陸50後的一代人，我經歷過上山下鄉，到農村插過隊，在鄉下和縣裡勞動工作三年多，22歲才上大學，比起同齡人，我算幸運的一個，接受了高等教育；但畢竟到了別人該畢業的時候，才開始深造。至於出國時已到了30歲，比起今天不到20歲就出國的年輕學子，晚了至少十年，因此必須考慮就業問題。

我小時很喜歡史地文學，可是從來不敢想以作家為職業。當作家謀生太難了，在德國，可能除了個別諾貝爾文學獎得主，鮮有幾個以寫作為生的作家，國家也沒有養作家的機構。而人生在世上，首先要生活，要有穩定的經濟基礎，才能有餘力從事寫作。

此時正好德國一家社會醫療保障機構招聘專業人員，從事經濟管理軟體的研發；而這正是我就讀漢堡大學經濟學的專業方向啊！我心動了，輾轉反復，考慮了好幾天，決定還是抓住這個機會，工作要緊。沒有經濟基礎，搞文學、搞研究，都是一句空話。於是前去應聘，脫穎而出，1987年6月份開始正式工作。

就這樣，我放棄讀博，開始了朝九晚五的白領生涯。這樣的生活安定但又有些平淡。既然不讀博了，乾脆就在做好本職工作之余，利用晚上、週末搞業餘寫作，讓生活更充實，讓生命更有價值。每天寫兩三個鐘頭，集腋成裘，聚沙成塔，只要堅持下來，總能做些事情。

說幹就幹，我不是從小文章開始，直接開始寫書。定下目標寫一本《今日漢堡》，解剖漢堡這個「麻雀」，把它作為博士論文來寫。於是我搜集材料，大量閱讀，實地考察，做了精心準備，前後用了三年多（一半時間讀書準備，一半時間寫作），辛苦堪比寫一部博士論文，才寫成這本介紹漢堡方方面面的書稿。

我們知道，國外有漢學專業，或稱中國學，以中國為研究物件。我搞了幾年《今日漢堡》，並不是只寫景點名勝，搞成旅遊指南；而是介紹漢堡的各個領域，相當於鑽研了三年多「德國學」。如寫漢堡的歷史，就要涉獵整個德國乃至歐洲的歷史。寫漢堡政府，就要瞭解德國的聯邦體制，瞭解德國的基本法（即憲法）。寫漢堡的經濟，就要熟悉德國社會市場經濟體系的運作。寫漢堡的高校和普通教育，就要研究德國的教育制度。寫漢堡的社會情況，就要深入瞭解德國的社會福利制度。這樣幾年下來，就對德國的歷史、政治、經濟、文化和社會各個方面有了深層次的瞭解。

1991年，我回西安探親，自費出版了這本書。當我拿到印出的樣書，看到自己辛勤寫成的書稿變成了鉛字，聞著淡淡的油墨香味，就像母親看到了初生的嬰兒一樣高興。更讓人高興的是，這本書在漢堡僑胞和我國赴德人員中受到歡迎。漢堡市政府把此書作為介紹材料送給來自中國的賓客。德國《世界報》還刊登了介紹《今日漢堡》這本書的文章和作者的照片。

《今日漢堡》的成功，鼓勵我再接再厲，動手寫第二本書——《德國州市概覽》。當時德國剛剛統一不久，華文界需要瞭解全德國各地的情況。有了「德國學」的基礎，加上走訪東西德各地，搜集第一手材料。經過一年多就完成了這部作品，這本書1995年出版後各方面的反應也不錯，德國國家圖書館還把它收為館藏書籍。在法蘭克福國際圖書博覽會上，臺灣冠唐出版公司也決定出版該書的繁體字版和我的另一本書《英國名城志》。

這兩炮打響後，我的興趣一發不可收拾。經常利用假期，作為背包族，走百國，寫世界，撰寫了不少介紹列國風土的書籍和文章，世界各國幾乎寫遍了。

隨著列國風土、遊記類作品的逐漸完成，我想要開闢新的寫作領域。由地入史，是比較恰當的選擇，史地不可分嘛！於是選擇了與史地密切相關的傳記文學。採訪撰寫了《寫在旅居歐洲時——三十位歐華作家的生命歷程》、《在歐洲呼喚世界——三十位歐華作家的生命記事》和《大風之歌——38位牽動臺灣歷史的時代巨擘》等傳記作品。迄今已為60多位文友（主要是歐華作家）撰寫了小傳，發表在各種媒體，以推介海外華文文學。

人生要有目標。記得《鋼鐵是怎樣煉成的》一書主人公有一句名言：「一個人的生命應當這樣渡過：當他回首往事的時候不會因虛度年華而悔恨，也不會因碌碌無為而羞愧！」中國古人云：「立德、立功、立言」，以此為三不朽，這當然是高標準。但換言之，也就是「做人、做事、做文章」，應是人生努力的方向和標杆。

目標如何選定呢？各人情況有不同。我常年生活在國外，自己從小喜愛史地文學外語，又是理工科大學畢業，留德學經濟又進入了社會科學的領域。有著多學科的基礎知識，受過嚴格的學術訓練。根據這樣的條件和可能，確定了一個中心，兩個重點。這就是以旅行，讀書和寫作作為業餘愛好的中心，正所謂「讀萬卷書，行萬裡路」。更要把所見所學所得，寫下來，留下一些東西，與人們分享，也為國人瞭解外部世界、瞭解海外華人，做些貢獻，多打開一扇視窗，也就是做些文化搭橋的工作。而在寫作方面則以風土寫作、傳記寫作作為兩大重點。在這個基礎上，還客串記者寫報導，並進行一些學術性探索。

有了目標，就要堅持。30多年來，我堅持寫作，從未鬆懈。如何能在業餘時間裡寫作，關鍵在於擠時間，在於持之以恆。世界上的人有窮有富，有高官有平民，境況很不相同，但每個人一生所擁有的時間（預期壽命）大體上是相同的。能不能做出一些成就，主要看你是如何安排利用時間的，正如魯迅的體會：「節約時間，也就是使一個人的有限的生命，更加有效，而也即等於延長我們的生命。」

我對於時間的運用，每天讀寫了幾小時，都有記錄。哪一天因事沒有寫，就要找時間補起來，因此我安排時間是按周而不是按日計算的。過去上班業餘寫作，每週寫20小時。退休以後，不用上班了，規定每週40小時，周寫作字數要過一萬字（電腦有字數統計功能）。實際上生活中各種雜事、各種干擾是很多的，要想長期保持一定的速度，就非得靠毅力和恒心。除旅行外，我只要在家，一般都能達到預定的寫作量，這叫數位化管理。

從1987年正式開始著書寫作，到如今30多年了。回顧以往的歲月，到過100多個國家，寫作出版了20多本書，並為15本分國地圖冊撰寫了文字說明，基本上完成了一套列國風土大觀，並出版了6本傳記作品。這些年來還為十多種報刊雜誌撰文四百多篇。總計問世著述700多萬字，連同在博客上發表的及尚未公開發表的手稿，筆耕超過1000萬字。回首年華沒有虛度，敝帚自珍，令人欣慰。

小中國人

青峰

我於1989年在法國加入殼牌集團，開始了我在這家全球最大之一的國際石油公司20多年工作生涯。雖然現在已經離開公司10多年了，但是只要在世界任何地方看見殼牌加油站，都會感到特別親切，回想起很多往事。

因為計算機是我研究所專業，所以我是由計算機工程部錄取進入殼牌的。工作後，非常忙碌，時間不知不覺很快過去。一天，部門的總經理來找我。

「你來公司轉眼已3年了。這幾年，幾項重大項目做的很出色，對部門貢獻很大。」

「謝謝您的栽培，讓我不斷挑戰自己，又給了我多次升遷機會。」

「但是你也知道，計算機不是殼牌的主流業務，你算是從『旁門』進公司的。」

「我知道，可是沒關係，我做的很開心。」

總經理想了下，表情嚴肅起來：「上星期，公司高層人事會議時討論到你，覺得把你一直留在計算機部門太可惜。我們想調你到油站部，轉入公司的主流業務，重點栽培你。」

變化來的太突然，我一時不知如何答復。

「可是怕油站部門同事不服氣，所以需要委屈你，暫時降你兩級，從基層做起。我們大家堅信，你學習很快，不到兩年，就一定會在油站部出人頭地，不但回升到現在級別，而且還可以有更長遠發展，成為一位集團高級幹部。你願不願意為你前途做出如此投資？」

幾天後，我開車來到位於巴黎郊區的油站部，一棟不起眼的50年代老建築。我爬上樓，找到新老闆報到。

「啊！是你，小中國人！我聽說了。你桌子在那邊！」

我一看，在一個大統艙後面的角落裏，一張舊桌子，一把歪椅子，怎麼能和我在計算機部門嶄新大樓裏自己獨享的辦公室相比！

在毫無準備之下，我被連降兩級，成為了油站部最基層的區域經理，負責管理大巴黎區內的殼牌加油站。我後來才知道，這些油站最敏感、最難管，因為每天公司大老闆們上下班都會路過。如果不乾淨，服務不到位，或是一點不小心，大老闆們就會向油站部投訴。如果和油站相處不好，油站員工會趁機跟大老闆們打你小報告，讓你吃不完兜著走。

「小中國人」也很快成為我的綽號，同事和油站員工們都這麼在背後稱呼我，帶有一定諷刺和歧視意思。我知道油站部門大家都嫉妒我，不但是空降部隊，公司重點培養對象，又是中國人，大家都等著看好戲。所以決定不和他們計較，勉勵自己默默努力做好工作，而且把這稱呼故意理解成一種親切的表現。

我剛上任沒多久，一天淩晨3點多，家裏電話響起。我睡眼惺忪從床上爬起來接聽。

「楊先生，楊先生嗎？」對方驚慌大聲的問著。

「是的，什麼事？」

「不得了了，不得了了！您趕快來一下，垃圾桶裏有個人頭！一個黑人人頭！」

「你趕快報警，通知站長。我馬上就來！」

趕到現場時，員警和站長都已到達。我們大家齊心協力立刻把油站封鎖起來。初步瞭解狀況後，我趕緊打電話把老闆叫起來，向他報告突發事件。

「知道了。你在現場好好督導員工配合警方，一切妥善處理！」老闆簡單冷淡的交代。

油站夜間值班員工還嚇得直發抖，問不出個所以然。員警在油站到處搜索，尋找線索。天開始亮了，白天班的員工也陸續來上班，警方一一登記他們身份和記錄口供。我去找一位站在一旁沒事幹但看起來比較資深的員工聊聊。

「真奇怪，怎麼會在垃圾桶裏有人頭？」我試著打開話題。

「沒有才奇怪！」

「為什麼？」

「你不知道嗎？我們油站後面住了一批來自非洲的吃人族。聽說，他們有時會起糾紛，打起來，然後就把對方吃了。但是他們不吃人頭，把它丟掉。」

「你還不趕快和員警說？」

「他們沒來問我！」

我馬上去找警官，讓這位員工仔細將事情講給警官聽。不久後，員警宣佈可以重新開放油站，恢復正常作業。我一離開油站，就趕回辦公室向老闆匯報。

「小中國人，不要大驚小怪，歡迎來到油站部！」老闆聽完報告後，二話不說，又去忙別的了。

過了幾星期，沒警方消息，我主動聯絡警官，瞭解案件進展。

「我們已經結案了！」

「這麼快？」

「沒什麼了不起。我們找到了他們酋長，叫他管制一下他的部落，只要以後不再做這種事，我們這次就不追究。不過還要感謝你，是你幫我們找到了第一條線索。」

＊＊＊

上任一段時間後，對業務漸漸熟悉，開始有空研究一些前任留下的複雜難題。

在我接手的管轄區裏，有一座在巴黎郊區被霸佔多年的油站。一對母女，把殼牌商標拆下，無牌私自經營油站。根據公司資料，這對母女惡名昭彰，很會利用法國法律漏洞，官司打來打去，不斷拖延時間。幾位前任都一直無法解決這個爛攤子。

我仔細研究資料，發現這座油站原來很好，而且母女還曾經多次得過區域模範獎。她們賺了不少錢後，決定在油站附近投資開餐廳，結果經營不善，不但賠掉油站賺來的錢，還開始到處欠債。因欠債過多，殼牌在多次警告之後終於取消她們經營權。這時，她們走頭無路，告上殼牌公司，並開始霸佔油站。幾年下來，事情越變越複雜。

我決定去看看她們。

一天下午，視察完附近一家油站後，我把車開到被霸佔的油站對面，從車裏觀察情況。因為多年沒有維修，油站明顯破舊。

半個多小時，只有一部車開進加油，生意非常不好。我估計，大家對無牌油站沒有信心，不敢進去加油。這樣的話，母女經濟情況一定困難，日子不會好過。我找了地方把車停好，慢慢步行進入油站。

突然一個壯漢出現在我面前。他比阿諾・史瓦辛格還壯，又高又大，全身都是肌肉，手臂比我大腿還粗。我在他面前簡直就像一隻小雞。

「你是誰？你來幹什麼？」

「我是殼牌公司區域經理。我來看油站及負責人。」

「原來是你，小中國人！沒有人要見你！」

我還沒有來得及回答，就感覺到自己兩腳已經懸空，身體在空中浮動。原來阿諾・史瓦辛格抓著我雙臂把我舉起，一路把我「送」到油站外。

我差點嚇破膽，但又故作鎮定，也不知當時怎麼想的，我居然又走回油站。

「你怎麼又回來了？」阿諾・史瓦辛格有點驚訝。

「我覺得這對母女太可憐了，我想來幫幫她們。」

「是啊！她們被殼牌公司欺負，我看不下去，免費來保護她們安全。」

「請你跟她們說說，讓我進去看看，幫忙想想辦法。」

我一進入淩亂的辦公室，那位母親就開始大哭，女兒開始大罵公司，而且兩人不斷恐嚇我，她們母女已下定決心，要把油站引爆，和油站同歸於盡。我好不容易把她們安撫下來，請她們慢慢跟我說她們的故事。看她們精神狀態和聽她們敘述語氣，我明顯感覺出她們身心疲憊，迫切需要一個方案，幫她們脫離苦海。

第二天，我試著說服老闆。我分析了如果油站繼續長期被霸佔，公司將承受重大經濟損失。再加上如果母女真被逼迫引爆油站，公司名譽損失更慘重。因此還不如雙方各讓一步，庭外私解。幾天後，我和法律部起草一份和解書，由老闆得到油站部總經理批准。

我為這對母女爭取到了很優惠的條件：她們債務一部分赦免，一部分長期分期償還，雙方互不追究任何法律責任。當她們簽署了和解書，從此可以重新做人時，阿諾・史瓦辛格突然又抓著我雙臂把我舉起：

「中國先生，我們太感激你了！」

從那天起，油站部就再也沒有人叫我「小中國人」了。

一方水土一方人

彭菲菲

冬夜的寒風掃盡日晝留下的暖意，匆匆穿上外套下車，出境大廳前的旅客下車處停著三三兩兩的車，雖然沒有員警在旁吹哨，還是習慣地快速道了別，下車從後車箱卸下載滿著家鄉味的行李。帶上門時聽到姊姊在駕駛座上嚷著：「別忘了後座上的電鍋！」順帶又問了下次的歸期，我直說還不確定。連忙把行李和電鍋堆到行李車上快步走往機場大廳，趕搭夜半航班直飛巴黎轉德國杜賽道夫。

送你走的那天，回家的路上特意轉去專店買了客家麻糬，相信你若在旁，肯定會說糯米做的東西難消化，少吃一點。而我只想著回到德國後，把它擱在冰庫中，彷彿同時也將叮嚀與記憶凍住，想吃時就放在電鍋裡，加點水往下一按，當快好時，鍋裡總會傳出鐵盤上咕嚕咕嚕的水滾聲，鍋蓋上冒出的蒸氣就像是家的氣味，經由電流散播在空氣中。

回想起自己去國多年，可是你卻從未到過機場相送，如今你已遠行，未來也不可能有機會在機場與你道別，曾經這是我心中對彼此關係的疙瘩，直覺你並不在意我，所以連我離鄉負笈的那晚，也不願意到機場道別祝福。那天和媽媽以及姊姊互道珍重後，即拎著電鍋搭乘僅有5個客座的貨機直達盧森堡，就此開展留學生涯。多年之後，我才瞭解到那晚你沒送我去機場的真正緣由，怕這一別便是數十年，就像當年你陪伴姑姑去南京投靠姑爹依親，順道看看這個大千世界，結果，臨行前還是個十來歲的小夥子，再歸鄉時，卻已經是個步入白髮蒼蒼的中年人了。

從小就憧憬島外的世界，出國深造算是正當的理由，只是企求家裡能拿個數百萬，讓自己去美國讀書恐怕是完全不可能的事，於是，免學費的德國也就順理成章地成為當時少數選擇之一。大二開始輔修德文的我也同時在外打工，除了身兼家教也在補習班教授兒童美語，掙來的錢多用在校外額外修習德文，假期到德國旅行以及探訪德國朋友。大學畢業那年，我備妥了學校入學通知以及打工攢下的積蓄，拿好簽證文件對你和媽媽提出想去德國讀碩士的計畫，並且詢問能否在往後四年每年支助我台幣20萬，不夠的部分我會自己打工賺取。當時你問，讀了德國碩士後賺的錢會比現在教美語更多嗎？我娓娓回答，自己希望能增進世界觀，想出去闖盪一番，也笑道如果之後掙錢比較少，就再重拾美語教鞭。你點點頭，我想你明白，許多事我從小都是自己作決定，自己打點，也很難改變我的心意，所以只能看有什麼可以幫得上忙的了。

那時許多出國留學的人都會帶個大同電鍋，所以你也跑去電器行買了台改過電壓的大同電鍋讓我帶上。從年輕離家到30歲結婚前，你都得自個打理填飽肚子，這時悠悠地叮嚀我，丟些菜和肉加點水和米，按下去就是一頓了。這台電鍋果真也在日後的異鄉生活中解決了許多難題，當我棲身學生宿舍時，可以不用跟十幾個室友去擠大廚房，只是每週有許多頓是醃肉與蔬菜雜燴的燉飯或是鹹粥，吃著燉飯我想家，喝著鹹粥我想起你的叮嚀，就這樣鹹粥竟然越喝越鹹。

每年20萬元的資助，其實還包含了一年一度回家的機票，可說是捉襟見肘，所以在通過入學語言考正式開始修業後，我就積極開始找打工的機會。在中餐館打工的幾個月期間，老闆娘常把每天炸鴨剁下的鴨翅送給我們幾個離鄉的遊子，於是滷鴨翅就成了電鍋裡出現的新料理。後來爭取到校內一位土木系教授提供的工讀機會，協助編輯學術專刊，雖然滷鴨翅這道電鍋菜暫告終，但是卻也有了偶爾在外頭打打牙祭的可能。在德求學的最後兩年，很幸運地申請到社民黨的獎學金。為了寫申請信以及準備自傳，我有了機會好好地把你與媽媽的人生經歷揣想了一遍。你們倆人都曾被原生家庭送去別戶當養子與養女，在那貧困戰亂的時局下自然沒有機會多讀書，一個初中沒畢業就離家隨著軍隊到了台灣，一個因為家境不濟必須輟學到富貴人家幫傭。你們沒有親人的支持，胼手胝足地將我們四兄妹拉拔到大，培育到大專或是碩士畢業。回想從小填寫家庭狀況的「小康」，其實是如此地得來不易。正是你和媽媽不屈服現狀以及發揮獨立自主的精神，從而影響並支持了我，讓我自己能在異國生活找到一片天。相較於你隻身到台時的一無所有，我何其幸運還能有你們的經濟支援，以及那只伴我單飛的電鍋，少了起步的壓力。

在那個文科碩士（Magister）畢業即失業的年代，讀完碩士時已近而立之年，剛好尷尬地介於德國企業避免雇用女性的年紀，綜合評量後，我選擇了在台資企業做行銷業務開發，畢竟德國是歐洲經濟重要的主體，而自己的德文能力頓時成了加分項目，再加上另外修習會計行銷等商業知識，所以有機會選擇想投效的產業。工作讓自己與台灣之間的聯繫又再度緊密，因為回台灣開會或是參加展會，就有機會能順道回家。而你似乎也漸漸習慣這次的分離，就是下一次再見的開始，別離時不再靜默，似乎已了然小女兒不會像自己當年，離家一去經年。你看我頻繁來往台德兩地，總擔心時差問題會把我身體搞壞，於是中藥燉包就成了回德行李的一部份。你叮嚀著，買隻雞腿和中藥一起丟到電鍋裡，按一下即可，吃了好補身子。孩子出生時，電鍋就像是我的月嫂，幾帖十全大補藥材加個雞腿或是排骨，就成了我的月子餐。此時距離拎著電鍋踏上異鄉之路也過了十餘載，它還是少數的家當之一，雖然從未是我的唯一，時而是生活的點綴，時而是關鍵。

隨著工作經驗的增長，職涯也被拔擢到管理階級，但是卻與家庭規劃相衝突，我單純希望有了孩子之後，仍能持續職業婦女生涯，然而德國社會並不習慣接受媽媽同時兼顧全職工作，再加上這裡也沒有你們兩老可以協助照顧幼孩的條件，所以我決定路不轉人轉，走上了創業一途，工作性質不變，一樣是行銷業務開發，雖然增加了對受僱員工的責任以及經營風險，但是也多了許多時間與空間上的彈性。就像小時候你與媽媽互相協調在家的時間，我們也試著有效規劃時間分擔責任。當你白天去工廠守著鍋爐時，媽媽處理家務照顧我們，而當她搭下午四點半的交通車去電子工廠當小夜班女工時，熱騰騰的晚餐已用紗罩蓋好放在餐桌上，而你也會在不到一個小時之內回到家與我們一起在餐桌上用晚餐。我們協調了照料以及接送孩子上下學的日子，好讓彼此都可以兼顧原有的工作。務實地找方法向前看是你和媽媽對我的身教，讓我能對身處異國孤身無援的窘境泰然處之。

而回台灣與合作廠商溝通以及開會的機會，也是順帶孩子與你以及在台家人相聚的時光，進而增加孩子對台灣食物的認識，漸漸地，饅頭、花捲或是包子也成為了孩子喜愛的早餐，而茶葉蛋或是糯米丸子則常是參加學校家長聯誼的料理選項，加點水按一下，水滾冒汽就能上桌分享。於是，這只年邁的電鍋的工作量又開始增加，當年伴我單飛的電鍋終於在異國生活將近20年後的某一天再也不動了，可我卻不敢驚動你，深怕你又會偷偷騎摩托車去電器行買新的讓我帶回來。

我聽家人說你常覺得自己心臟有問題，要求去醫院掛急診，雖然檢查結果一切正常，但這訊息也警醒自己能陪伴你的時間越來越少。此時恰逢電子產業走向轉型期，而孩子上了小學後，需要有人在家陪伴的時間比讀幼稚園時更多，於是我慢慢減少合作廠商，減低內部管理時間，讓自己在時間上可以調整的幅度更大，另外也深知隨著年齡的增長，長江後浪推前浪，終須為日後工作多準備選項。於是當出版社洽詢自己有無意願翻譯德文叢書時，我欣然接受。畢竟無論是業務行銷或是翻譯的工作只需有網路、手機以及筆電即可隨時隨地投入。於是我回台灣的頻率從留學時期的一年一次，到了小孩幼年時的一年兩次，變成後來一年三到五次。你也常對別人說自己的小女兒是無業遊民，可是轉個身又會問我最近生意如何。每次你一看見我就問我什麼時候回來的，即便前一天才問了同樣的問題，漸漸地你談論的話題像是貫穿在不同的時空當中，我暗忖自己必須和時間賽跑。孩子的成長過程以及多陪你最後的一段路都是我不願錯過的要事，於是，這次我把全職的工作減成半職。

短短回台的時間不再是在科技園區開會，而是充滿各式與你相關的行程，帶你去看病，開車載你和媽媽上館子或是去賣場，還有最重要的就是陪你再次踏上故土。雖然你忘了許多人的名字，卻惦記著自己的三哥就要滿90歲了，早早就整好行李箱和背包，每天焦急地問媽媽出發日期，深怕錯過為他過壽的機會，於是我請大陸親人提早加場祝壽，短短不到一周的行程，你以為離開台灣太久得回家了，離開時你走得輕快，說著幾個月之後還要回來整修房子。想起30年前第一次陪你回大陸探親的情景，當我們都還在和姑姑伯伯堂哥嫂道別時，你卻已經一人遠遠地走在離家的田埂路上，背景越來越小，路的盡頭盡是荷塘，你的家鄉盛產蓮子，熬碗蓮子粥在當地是道家常菜，可你離家太早，雖然還來不及品成習慣，但是一方水土一方人，親戚們認為你一定會喜歡，所以總會往你行李箱塞包新鮮蓮子。

這次你瀟灑地走了，走得比你年輕時更遠更久，我還來不及買新電鍋蒸蓮子粥，就又得啟程飛越半個地球，只為送你一程。將這最後一把你親交的蓮子暫放保鮮盒裡，即匆匆返台。當年伴我單飛的那只電鍋，藏著你疼惜不捨的心情，陪我在異域度過許多晨昏寒暑，從一人變成了一家，也是我奮鬥起家的本錢。而電鍋的角色本是為求簡單溫飽的生存工具，經過歲月的淘洗，蛻變成一個豐富的存在，在異域照顧了我以及家人之餘，也分擔起自己傳承文化的期盼。

此刻，電鍋開關已經跳起，冰凍的客家麻糬又再回復軟嫩，跟孩子一起共用這熱騰騰的鄉情時，在揭蓋後的氤氳蒸霧中，彷彿又看到你這位客家女婿漫步在那條通往荷塘的小徑上，回頭向我們揮手道別。像是欣慰著看見我走出陰霾，在異國訴說那一方的故事。

你要安息

高蓓明

時光流逝，回首往事，自己來到歐洲已經30年了，歐洲這片輝煌的土地，從我五歲起，就心嚮往之：那絢爛的油畫、宮殿建築、驚人的雕塑、歌劇芭蕾、雄壯的交響樂、詩篇文學，世界上最偉大的藝術都集中在這裏了……，好像一場美夢，自己的後半生真的能夠在這裏度過，幸哉幸哉。

上世紀八十年代末，上海的每一條小弄，每一個門洞，都有一種資訊在悄悄地流動，那就是擋也擋不住的出國潮流。被這股潮流夾裹著，我也流出了中國，流向了外面的世界。

1990年底，我輾轉來到德國Wuppertal，從此就在德國落地生根，再也沒有離開過。

就像大多數赤手空拳來到國外求生的同胞一樣，我必須要過語言關和生活關。德語是一種非常難掌握的語種，特別是它的語法很拗口。可是，為了生存，我必須要掌握它。我開始抵觸了整整一年，因為我剛剛從日本來到德國，好不容易學了一點日語，能夠應付日常生活了，突然又換了一種環境和語言，難道又要重新再來一遍？我特別不想學。最後，靠著隔壁鄰居——一位來自肯尼亞官二代留學生的介紹，我進入了為土耳其人開辦的德語融入班，開始了我磕磕碰碰的德語之路。以後的日子，因為經濟的原因，我沒有進過正規的學校學習，都是通過自己不斷地閱讀、看電視、與人交流，才慢慢地能夠聽懂、讀懂德語，但是說和寫至今還是我的弱項。我對自己的定位是，能夠應付生活。所以，我沒有再花很多的錢和精力投資在語言上。更何況，學習外語有年齡上的限制，我到德國時已經31歲，早就過了學習外語的最佳年齡段。

因為有「唯事業為重」的傳統想法，總是期望自己在國外能謀到一份好的工作，經濟自立。開頭幾年也確實朝著這個方向努力，下了一點功夫，美好的願望卻總是在現實面前砸得粉碎。我曾經嘗試過許多工作，去有錢人家裏當清潔工、去中餐館打工、去工廠當流水線上的工人，去語言學校當中文老師、去德國公司辦公室裏打下手，兜兜轉轉都沒有做長。記得有一次，我去一家工廠打工，做早班的時候，要趕頭班車，天墨墨黑，下了車站，還要走一大段路，工廠挨著森林邊上，我打著手電筒趕路，心裏痛苦得快要哭出來了。「難道這就是現代化強國德國嗎？難道這就是我所要追求的生活嗎？難道我就這麼生活下去？」我反復地問自己。

後來我去申請了一個培訓位子，只可惜自己的目光太差。我當時選的專業是外貿，我期待畢業以後，可以在一些同中國有業務往來的公司裏找到工作。可是這個想法太不切合實際，當時德國在中國的市場還沒完全開發起來，我婚後住的地方是個小城市，幾乎沒有這樣的機會。過了很久，有朋友告訴我，如果學稅務和IT專業，很容易找工作，因為這方面的需求量大，但是已經為時過晚。這也許是命運的安排，不讓我在事業上有所發展。這是我在45歲時冥冥之中感覺到的。因為，我自以為不算是很愚蠢的人，但是一碰到面試，我就會做傻事：不是穿錯了衣服，就是回答很差勁，或者簡歷寫得不好，再加上德語也說得不好，這些都導致了失敗。在我實習的時候，我的老師預言我們班上，我是最有希望拿到工作位子的學員，我心裏也暗暗給自己鼓勁。果然，我實習到一半的時候，實習單位的領導找我談話，要我正式簽合同在他們單位工作。這個單位是做體育用品的，同中國也有業務往來，是個老牌公司，在德國小有名氣，德國第一對奧運冰上金牌選手，當年穿的就是他們公司出的冰刀。但是，以我在那裏實習時的體驗，這個公司對員工比較刻薄，眾人怨氣重重，我感到即使留下來，可能也做不長；另外，我如果簽合同的話，意味著我要中斷我的學業，拿不到畢業證書。權衡下來，得不償失。我同老闆說，等我畢業後再來申請吧。這當然是一廂情願，人家急需員工，不會等你的。事實上，這份培訓，在我找工作方面一點作用都沒有起過，倒是我在那裏學到的經濟和法律知識，對我以後的生活幫助極大。

同德國丈夫結婚之後，經濟上基本就依靠他了。對於我的業餘愛好畫畫也是無從展開，閑來的時候，我開始寫寫東西，有時去投稿，有時在網路上搞搞自己的博客，給生活帶來不少的樂趣。

2007年底，命運給了我一次沉重的打擊，先生突發一場大病，從此我徹底告別職場，擔負起照顧病人的責任。回想從結婚起的十多年裏，都是先生為我遮風擋雨，我們倆好像士兵互換崗哨，在人生的後半程路，我攙護著先生同奔天涯。那段時間裏，困難重重。幸好，在學校裏讀到的知識幫助了我。德國福利制度很好，弱勢人群會得到照顧。但是這份利益不是人家自動會送上門來的，是你自己要去爭取的。記得一位德國老人對我說過，「Recht haben und Recht bekommen ist zweierlei。」意思說：「法律賦予你某些權利，不錯，你擁有這些權利。但是你要得到這些權利，就完全是另外一碼事了。」幸好，世界上有許多好人，我得到過許多實際的幫助。比如：康復院裏的病友和醫生，他們告訴我申請福利的方法和管道；還有的醫生幫助我頂住保險公司的要脅，為我們爭取經濟利益；有的醫生為了維護我們的權利，給我們開出必要的證明；有的機構專門幫助我打官司，他們為我做代理，使得我們得到了應有的福利；還有政府機構相關部門的諮詢員，告訴我們可以得到哪些優惠條件等等。

一般來說，申請福利的第一步都是會被拒絕的，請不要氣餒，要學會反駁、上訴，請求專業方面的幫助，直到勝訴為止。就這樣，我們取得了殘疾人等級、免費坐公車、護理等級以及養老金等方面的全面勝利。許多德國老人或者不懂維護自己的權益或者出於羞澀的原因，沒有得到應有的福利，很遺憾。

2009年我加入了歐華作協之後，疆界擴大了，視野開闊了，認識了一批文學同好，有機會參加各種交流活動，還獲得了發表文章、與人合作出書的機會。給我的生活打開了新的局面，提升了文化品質。

感謝德國的福利制度，先生有了一份提前養老金，保險公司也為我付養老保險和護理費用，以使我們生活無憂，偶爾還可以去旅遊過一些文化生活，維護著一份人的最後尊嚴。

來到歐洲後，我人生最大的收穫是，從一個無神論者變成了一名有神論者。因為這裏是一片以基督教文明為根基的土地，在它的日夜薰陶沐浴下，我受到了感化。這份信仰支撐著我奔走在後半生的道路上，每當我被道路兩旁奇異的風景吸引時、被一些人和事物迷惑時，這份信仰時刻讓我保持清醒，看清目標，不讓自己走錯路而翻到陰溝裏去。

現代人的生活節奏很快，各種各樣意想不到的事情會撲面而來，讓人應接不暇。隨著年紀越來越大，挑戰也越來越高。聖經裏說：「我是你的主，你要安息。」在主裏面我要學會安息。我若跟隨他，心裏必定安寧，任何時候都不至於驚慌。

我的瑞士二十年

李筱筠

多想跨出去，一步即成鄉愁
那美麗的鄉愁，伸手即可觸及
——鄭愁予〈邊界酒店〉

2019年秋季。獨自搭乘瑞士國鐵前往瑞士義大利語區盧加諾城的城山聖薩爾瓦多。山湖環繞，彷若仙境。瑞士阿爾卑斯山湖區的四季流轉，陪我走過人生的二十個春夏秋冬。

1999年秋季，當初的一步，跨出了二十年的鄉愁。

二十年前，命運將我從台灣海島，牽引至瑞士這片不臨海的淳樸敦厚之地，生命在歲月的流逝中，逐步回歸自然，有幸體驗天人合一帶來的身心愉悅與靈魂滌淨。

回顧異鄉二十年，真正堅持下來的只有攝影、幾門國際語言的習得和寫作。大自然則是如影隨形的心靈導師。

我的攝影作品涵藏著大自然的力量，反映出的是與自然對應的生命境界、對天地有大美的感知，更是對道家無為的嚮往。

在瑞士這個多語國家陸續習得與加強了德語、法語、英語、西班牙語和義大利語，雖程度不一，但卻能通過它們與使用這些語言的人們做最直接的交流，避免因文化認知錯位所產生的文化誤解。過去二十年從沒間斷學習，努力履行讓自己成為名副其實的世界公民與文化橋樑的承諾。

在人心質樸、萬物有靈、天地有愛、人間有情的瑞士，在一次因緣際會之下，外文系畢業的我，開始以極慢的速度閱讀國學經典《詩經》、《道德經》、《莊子》、《紅樓夢》。這些跨越時空、歷久彌新的中國文學作品，加上彼時開始接觸的佛法，使我深刻領會到內心的詩意、體會到自身與天地的連結、感知到命運的安排，並大幅度提升我的精神高度、豐富我的心靈世界。這些元素，使我的寫作內容從此有了不一樣的維度。

在瑞士受到大自然這位心靈導師的召喚與啟蒙，每每返回海島都會被島上的自然風景所觸動。這與去國前的無感，成了兩極化的對比。家鄉雨都基隆連綿不絕的山丘、北海岸的地質景觀與山海一色、中央山脈的起伏壯闊、南投原始森林的秘境、宜蘭與嘉義平原的開闊等，這些竟悄無聲息地與台灣人文風景、城鄉地景、當地美食成為無處投遞的美麗鄉愁。

> 我達達的馬蹄是美麗的錯誤
> 我不是歸人　　是個過客
> ——鄭愁予〈錯誤〉

2019年的聖誕節是毅然決定離開舒適圈後的第六個聖誕節。二十二年前在紐約相識相戀決定此生相互扶持的他，原來是美麗的錯誤，是過客，不是歸人。

他是好人，但若要作為此生靈魂伴侶，只具好人特質，顯然不足。千迴百轉後才悟出這個道理。

生命，就在不斷淬煉裡，鍛造出一顆清明的心；在不斷跌撞的路程中，以淚水蒸餾出智慧與勇氣。帶著清明的心、智慧與勇氣，來到生命的另一個十字路口。

「站在樹林的兩條岔路口上，我——我選了一條較少人走過的路，而這個選擇讓一切變得如此不同。」在十字路口做出選擇後，也走上美國詩人佛洛斯特所選擇的那條人煙稀少的路。至今，不後悔。

有命運垂在頸肩的駱駝
有寂寞含在眼裡的旅客
——鄭愁予〈野店〉

離開後，開始一個人的修行之旅。六年的旅途中，不但能感受到命運的手，也能感受到絕對的孤獨。

命運的安排讓我遇見幾個有趣的靈魂，但卻幾乎走散。如今留下來的，但願人長久，千里共嬋娟。

雖有靈魂同道者相伴，但生活裡依然一個人。然而一個人，卻能更好地觀照內心，使真我無所遁形。孤獨帶來的洞察力與透視力，讓我在這濁世裡更加清醒。

孤身也溫暖，獨處亦清歡。這句話完美道出這一年的身心境況。

自從有了天窗
就像親手揭開覆身的冰雪
—我是北地忍不住的春天
——鄭愁予〈天窗〉

離開舒適圈，衝破井口，走向了自己，也邁向理想的自己的原型。這原型是百科全書型的冒險家，如印第安納瓊斯。

重拾芭蕾舞課，學習製作陶器，學習第五門外語西班牙語，堅持各種形式的創作（攝影、寫作、炭筆素描、吉他自彈自唱等），連續修習幾個進修課程：人力資源助理、總裁助理、國際商務碩士學位。

展開國際大城市的短期深度遊（包括出差）：巴黎、伊斯坦堡、倫敦、威尼斯、北京、米蘭、巴塞隆納、維也納、科隆、多倫多、雅典、史特拉斯堡、里昂等。

從一家中資瑞士子公司擔任小小人資助理，晉升到總裁助理，負責管理總裁辦公室，兩年多後轉戰總部位於德國的全球最大化學品分銷商，擔任全球大客戶團隊的商務助理。

當初離開舒適圈時職場經驗不足、幾乎身無分文、離開後又寄人籬下四個月的我，不但讓自己在異鄉活下來了，還活得有尊嚴、有目標、有使命，更活出了自己。

不必為我懸念
我在山裏
——鄭愁予〈山外書〉

父親於三年前無預警辭世，人世間許多無謂的紛擾隨他的離去，塵歸塵土歸土。當初遙祝我在異鄉歲月靜好的他，再也沒機會知道我離開舒適圈的決定，以及這六年來獨自一人在異鄉奮鬥的心路歷程。身為家中長女的我與他辭別的最後一句話是：「爸爸走好，我會好好照顧家人，你別擔心。若有來生，我願再做你的女兒。」心臟已停止跳動的他，左眼角緩緩流下一滴淚。

人在異鄉，這二十年來我一直是缺席的女兒與大姐。無法就近陪伴家人，內心自責，但好強的自己下意識不想正視這個問題，雖然在父親臨終時答應他要好好照顧家人，但我知道這至多只是精神支持。家裡最孝順母親的是妹妹，弟弟這幾年則撐起了一家之主的重擔。母親積極樂觀、多才多藝，在決定吃素改善體質後，身體變得硬朗，如今她退而不休，不僅是合唱團團長，也長期擔任數種義工。感謝母親身體健康、知足常樂，心向佛門，而弟妹能打理好自己的生活，這一兩年讓我放心不少，一顆心不再懸著。

也希望遠方的家人別為我擔憂。從小愛冒險、獨立的我，在這瑞士山國，定會找出一個活法，拓出一條活路。

> 不再流浪了 我不願做時間的歌者
> 寧願是時間的石人
> ——鄭愁予〈偈〉

一顆心在異鄉流浪了二十年，確實不想再流浪了。沒想到二十年後，命運的巧妙安排讓我的心開始有了安住的感覺。

2020年1月中旬將接受由瑞士第三大城巴塞爾觀光局主辦的瑞士巴塞爾德英法語城市導遊培訓。五個月後若通過認證考，便能獲頒英德雙語城市導遊證書，正式成為巴塞爾城市文化大使。

兩個月前開始認真閱讀巴塞爾歷史資料，突然間對所居住的城市有了別於以往的認知與情感聯繫。

進入第二本資料繁瑣的城市史，由於出自不同學術專家學者，因此非常講究文獻考究，訊息量大。然而也因為有這些訊息的鋪陳，才能更好地理解歷史事件或事實的來龍去脈。近日沉浸在中世紀時期，油然升起前所未有的歷史感與現場感。通過讀史，突然覺得自己不僅跟巴塞爾緊緊相繫，也跟瑞士與整個歐洲大陸緊密相連。

讀史，能讓人對時間的感知從此不再一樣。讀史，能獲得如讀佛經後的頓悟，對世間人事物的理解力從此像流水一樣，四通八達，毫不受地形阻礙。

今年來到抵達異鄉後的第二十年，能以閱讀巴塞爾城市歷史這種方式來紀念、來慶祝、來準備再出發，雙手合十，內心感謝。

尋

夏青青

青青的生活一向極有規律，有了孩子後更是如此，每天早上在固定的時間離家到辦公室，每天晚上在相似的時間離開辦公室回家，幾乎一成不變。一天天日出日落上班下班，看著鐘點完成公司工作、督促孩子學習，幾乎沒有時間思索此刻該做什麼，更加不會在路上尋尋覓覓。可是那天，一點小小的意外，讓青青再次踏上尋覓之路。

那是初冬的一天，青青一大早起床，沒有到辦公室，而是坐輕軌到市中心洽談公務。兩個小時後，走下輕軌車站，準備乘車到辦公室，還沒完全下到月臺已經發覺情形異常，不是上班高峰時間，居然有好多人來來往往聲音嘈雜。停下腳步，凝神聽廣播，原來發生機械故障封閉隧道暫時無法通車。

無奈之下，青青走到市區公交路線圖前，查找另外的路線。十幾分鐘後，青青坐在電車裡前排座位上，注意聽站名播報，眼睛隨意打量車外。　當　當，電車平穩地行進，拐入一條街道。轉彎時，街角一條粉紅淺灰的格子裙一閃，一個短髮的背影隱沒。青青驚訝地站起身來，眼睛盯著窗外，急忙按下停車鍵。「下一站聖安娜廣場」，標準刻板的播報聲響起。「聖安娜廣場？」，青青更加怔住。

幾分鐘後電車停下來，青青快步跳下車，大步往回走，眼睛急切地尋找，尋找那條一晃而過的裙子，粉紅淺灰相間的格子裙，還有那個短髮輕揚的背影。到哪兒去了，那個背影在哪條小巷裡消失了呢？青青東尋西找左瞧右看，再也找不到了，那個青春飛揚的側面。找到又如何呢？青青放慢腳步。找到又如何。可是實在太像了。有一剎那，青青真的以為穿過時光隧道，再次看到三十年前的自己。

聖安娜廣場，三十年前。青青直視前方，目光空濛。三十年前——

三十年前，少女時代，一頭短髮，滿臉稚氣，孤身一人在一個陌生的都市里尋尋覓覓。用了三個月時間，第一次找到聖安娜廣場。三個月……

七月豔陽似火，一條紅色的連衣裙在大學區急切穿梭。學習德語半年，急於重返校園的青青，手拿歌德學院語言班的同學寫下的地址，兩次轉車幾次問人後，終於在英國公園旁一條幽靜的小街裡找到外國學生學歷鑑定處。抽號，等待，走進房間。鑑定處滿面書卷氣的女士，接過青青遞過來的中文學歷證明，翻過來倒過去，看過幾遍，抬起頭說：「抱歉，外文證明需要翻譯公證。」過了兩個星期，同一個女士看過公證翻譯件，再次說：「抱歉，鑑定處只接待大學生，您是中學生，還是找移民局吧。」

八月冷雨綿綿，一把紅色的雨傘在市政局的辦公區域迅速飄移。又是手拿紙條，上面寫著輾轉打聽到的移民局負責學生事務的機構名稱。又是問詢，抽號，等待，走進房間。一個衣著隨意家庭婦女樣的女士，聽青青說明來意，反復翻看學歷證明和翻譯公證，抬起頭來說：「抱歉，我們從來沒有接待過從中國來的中學生，不知道怎麼幫助您，您還是去找市立（問題）學生諮詢師（Städtischer Schulberater）吧。」

九月秋風撲面，一條紅色的絲巾在風中獵獵翻飛。又一次奔走。在繁華鬧市，手拿紙條幾次詢問，找到一幢古老典雅的小樓。走上三樓，等候，進入房間，這次面對一個戴眼鏡的大鬍子。大鬍子客氣地請青青坐下來，問有什麼他可以幫忙的地方。

「我要找一個學校，請您幫我找一個文理中學吧！我來自中國，在中國正上中學，在這裡學習德語半年了，我要重新回到學校學習，我要上大學，請您幫我介紹一個學校吧！」青青掃機關槍似地開口。「我已經找過好幾個地方，去過外國學生學歷鑑定處，去過移民局，用了兩個月時間才找到您這裡。如果——，如果您也說抱歉無法幫忙，我，我不知道該怎麼辦，還能找誰了？」

從來沒有接觸過這麼小的亞洲學生，大鬍子驚訝地打量面前的女孩，堅毅的目光和稚氣的面龐很不相稱。「你真的要上文理中學嗎？除了文理中學（Gymnasium），還有實體中學（Realschule）和普通中學（Hauptschule）可以考慮，你可知道文理中學要求修兩門外語，你學習德語半年，要和在本地生長從小說德語的孩子一起學習……」

「我願意學習，我也能夠學習！」青青顧不上禮貌，打斷大鬍子。「我要上大學，所以必須上文理中學，我一定要上大學，請您幫助我吧！」

經過深入交談，大鬍子瞭解青青的家庭背景，也考驗青青的語言能力。在第三次會面的時候，大鬍子終於拿起電話，撥通了聖安娜女子中學的校長室。

十月陽光燦爛，一條粉紅淺灰相間的格子裙翩然飄下電車。

藍天深邃，白雲輕淡，樹葉金黃，青青第一次站在聖安娜廣場。安靜的街道，整齊的房屋，整潔的花園，幾家商店夾雜其間，遠處一座教堂的尖頂高聳。「這就是我要學習的地方嗎？聖安娜女子中學，S校長，會談會順利嗎，我真的能夠從這裡畢業順利上大學嗎？能嗎？」

「不，不要多想，不要懷疑，尋找道路，朝著目標走吧！」青青甩甩短髮，收回遊移的目光，看看手裡的地址，開始尋找聖安娜大街。尋，找，問，走……

尋，找，走……

畢業後二十多年沒來過這裡了，青青慢慢走過去，咖啡店、藥房、麵包房，似曾相識，可是感覺陌生，一邊走一邊尋找久違的感覺。

走下去，聖安娜大街的街牌名出現了，方向果然沒錯，右轉，巍峨高聳的教堂尖頂出現了，聖安娜教堂，每個學年開始、結束的時候，都會集體前去做禮拜的地方。再往前，兩座乳白色大樓丁字形比肩而立。那就是聖安娜小學和聖安娜中學了。青青唇角微揚。

三十年前，第一次找到這裡的時候，找錯地方去了小學，後來一位好心的小學老師領青青到中學大樓。匆匆忙忙上樓，找到校長室的時候，已經遲到幾分鐘。敲門，在秘書帶領下走進校長辦公室，S校長，一個髮型和柴契爾夫人極為相似的中年女士，從偌大的辦公桌後抬起頭來。

想起「柴契爾夫人」，嘴角漾開一絲微笑。不僅髮型像柴契爾夫人，作風也頗像柴契爾夫人的S校長，五年後，在畢業典禮上，握手祝賀青青畢業的時候，眼睛裡難得地不無溫暖不無贊許。

畢業二十多年了，大學，工作，專業考試，按照自己選定的目標，在陌生的地方尋找道路前進。只是——，只是近年腳步遲緩，人也懈怠了。那個短頭髮紅裙子的少女到哪兒去了呢？下意識地抬起手來撫摸長髮，再低下頭去——，灰色長褲，黑色大衣，黑色手袋，看不到一點紅色。不，不對，伸手拉出紅色的圍巾，還是有一點紅色的，一點不易發現的紅色。

站在校園外佇立多時，整理一下圍巾，青青向前走去。背後有風吹來，紅色的絲巾在身前飛舞。

光學與我的一些事

許家結

來到德國黑森州的小城威茲拉，不覺已三十多年。這是一個美麗的小城，城中擁有古色古香的老城，然而鮮為人知的是，它同時也是德國光學工業的大本營，著名的德國萊卡照相機、蔡司望遠鏡和袖珍米諾克斯照相機等廠商都深藏於這個小城裡。

我的本科是學物理，畢業後就在這裡就業。三十多年從沒有離開過光學領域，頭十年的主要工作，是用電腦之電子版接上光譜儀器，自編程式，讓使用者方便操作光譜儀器和做數據處理。後廿多年是負責鏡片的鍍膜研發和製造，也因為有了自動化的多年經驗，在蔡司公司裡負責鍍膜機器的改善，全面以電腦控制生產，兩年內完成使命，在威茲拉的蔡司公司已經是全自動化生產望眼鏡的所有鏡片鍍膜。接著，也在哥庭根的蔡司顯微鏡部門完成自動化。

不多久蔡司公司打算到東歐國家設廠，我負責在匈牙利的東部，位於烏克蘭和羅馬尼亞的三國邊界的光學重鎮馬蹄沙克市內，建立鍍膜部門和培訓工作人員。經過三年的努力，匈牙利的生產已經可以供應給東歐地區的需求量，十年後還可以供應給德國，蔡司公司也因此得以降低望眼鏡的成本而增加了總銷售量。這也是我在職場上的頂峰時期之一。自從蔡司和飛利浦合作生產積體電路石英片的投射機，賣給全球，台積電是他們的主要客戶之一，我也投入了生產特大的鏡片鍍膜工程，為蔡司公司爭取到多項專利，台積電也因為有了這些非常精密的投射機，站上了世界積體電路之頂尖。

2014年公司提出了讓59至63歲的員工提早退出職場的措施，我剛好符合這條件可申請退休，明知道我領到的退休金比上班時之薪資少了17%，也提出申請，當時的情況是考慮到如果我們這些老職員不同意早退休的話，公司就打算從年輕的員工內找出72位讓他們離職，因此我和其他12位自願簽名提早退出了職場。

我由於常和亞洲地區的光學產品供應商有密切的來往和交情，加上自己在語言上和技術上擁有的優勢，退休後半年，我便打算東山復出，把自己40年所學到的光學納米薄膜技術傳授給中國的供應商，使他們能在短時間內提高光學工業產品之品質和數量，超過目前日本之光學技術，增加供應給西方國家。

納米薄膜技術對光學工業，是一革命性的新發展，它經過將近一百年的研發後，從很簡單的單層納米薄膜使用在減低玻璃表面的反光，至多層納米薄膜用在許多光學上的技術，來達到其特殊功能，不止減低鏡頭的反光、增加了透明度，並且還可以有選擇性的過濾不同波長、不同頻率的光譜（用紅內光透過鏡頭來量距離並自動調焦），或阻擋如紫外線和激光（雷射）等會傷害眼睛的強烈光線。近二十年來還進一步的增加了防霧（否則在出入冷暖空氣時鏡片上組成了一層霧水而變模糊）、防花（加強玻璃表面的硬度）等功能。在許多新建設的樓房玻璃窗都有納米薄膜技術用來隔熱或隔冷，達到了節約能源的效果，又能用反射的彩色美化大廈外觀。

我的第一站是去丹陽市一家光學公司。這家老闆曾經留學日本，學成之後到新加坡一間光學公司上班，負責的是行銷工作。後來他接收了岳父的光學工廠，經過幾年的努力後，將這家工廠生產的光學配件，提升到可以進軍歐洲市場的水準了。

當時德國光學公司向中國進口的大約佔20%，自己生產的仍保留著80%，在德國生產，因為只有少部分的簡易光學配件能夠從中國進口。王老闆邀請我到他的生產部門，希望我幫他提高生產的品質標準，並增加西方工業所需求的新產品。經過一年的努力，德國公司從中國進口的數量已達到80%，就是因為中國生產的品質已經提高的緣故。

第二站，是一家位於四川成都郊區都江堰的光學工廠。那年春天的某一天早上，我接到認識廿多年的朋友的電話，他問我是否有興趣和他合作，到中國的工廠指導某一項目。我們約好在一間咖啡廳見面詳談後，我才知道是一家德國著名的相機和望遠鏡製造商，想從中國進口高性能的望遠鏡，但是，他們供應商的產品不能滿足他們的要求，因此希望他去中國指導這個供應商提高品質，並且必須在那年秋季有高性能的望遠鏡供應給德國市場。他覺得有我的中文和光學知識，和他合作，工作任務上將沒有溝通的問題，也因此可以縮短工作的時間，否則只有一個夏季的時間是非常的緊迫。

我們決定一星期後就起程去都江堰，他有一年效期的中國簽證，我也在三天後取到了簽證。那天的早上約好專程出租車送我們去法蘭克福的機場，乘機直飛成都。第二天清早，在機上用早餐前，我們填寫入境表格時才發現他的簽證已在兩天前過期了。一下飛機，我幫他找海關人員幫忙補簽，但成都機場的海關人員沒有補簽證的權力，因此他要立刻飛香港，希望在香港補簽證後再回來成都，我只好單身一人先到成都休息一天。

第二天中午，供應商李老闆接了他的機，然後來到酒店和我見面。原來李老闆是台商，他父親在2008年都江堰大地震後，得到當地的優惠，買下五千平方米的工地，建立了光學工業區，內有生產線、員工宿舍、辦公大樓等，但又在周圍種植上百棵銀杏樹。這些年來除了光學配件的生產，還收穫了無數的銀杏果，都允許員工們帶回家食用或賣給商家。李老闆除了在都江堰設廠，在廣州和印尼也有生產，但前二年因為印尼員工的語言、宗教和文化差異太大而關閉了，他把所有可用的機械都轉移到都江堰。李老闆的父親過世，由他太太和兒女接管。母親掌財政，女兒理業務，兒子理生產。我們選擇週末到成都，是打算休息一天後才上班，所以李老闆也因此帶我們在成都市區吃了午餐，又去巷子裡看一場變臉的表演，因為場面小，可以在近距離看清楚變臉的功夫，和幾年前首次到成都，在大劇院裡看的不一樣。

從品質方面來看，都江堰這家沒有丹陽公司那樣的水準，但經過我多日的考察後，發現了主要的因素是：他們只用成都生產的玻璃原料，而丹陽公司是進口德國的玻璃原料。成都的原料標準低又不穩定，造成光學配件的組合透明度差了5%。光學配件都要求在95-99%的透明度，除了玻璃原料之差別，在薄膜技術上，採用的化學化合物和多層納米薄膜的設計也是重要因素之一。因此我們開始向代理商購買德國的玻璃原料和化學化合物，兩天後就可以採用我們新設計的多層納米薄膜，做了第一步的實驗。每一鏡片的透明度都能提高了2-5%，達成鏡片組合的透明度由90%增高到93%，但仍未能滿足95%以上之期望。經過多日的驗證，發現是因為當地的濕度高，而鍍膜機設備不能在鍍膜前將水氣完全的除掉，造成了水氣滲進多層納米薄膜之間，進而減低了透明度。這家光學公司為了要達到德國客戶的要求，立刻買了最好的德國鍍膜機設備，把透明度又提高了3%而達到96%，完成了雙方協議，終於成為了交易夥伴，打開了這家公司向歐洲市場拓展的門。

走向對外漢語教學之路

林凱瑜

記得小時候大人們最常問的話是：「長大後要當什麼？或者有什麼夢想？」我常常回答將來我要當老師，沒想到我的老師夢竟然是在台灣境外圓的夢。

第一個教漢語對象是日本人。那時我在日本京都的立命館大學唸書，一些在大學裡唸中文系的日本學生問我能不能教他們中文。我挺興奮的，就拿他們當實驗吧，機會難得啊，我也從中學到了拼音和簡體字，也是寶貴的體驗。

但兩年後因緣際會認識了波蘭先生，大學還沒畢業就決定跟他結婚來波蘭過生活。

第二個教漢語的對象是兒子們。來華沙後兩年有了大兒子，在兒子繈褓時我就一直用中文跟他說話，所以中文可以說是他的第一個語言，當他牙牙學語時就知道跟媽媽得說媽媽的話（中文），跟爸爸得說爸爸的話（波文），可那時他的波文說得不好，大兒子三歲上幼兒園時的最大問題是，他聽不懂其他孩子們的波文，哭鬧著要回家，老師告訴我先生要在家教他波文，要不然孩子會有很多問題，但我不認為這是問題，我們住在波蘭，孩子自然而然地能學會波文，可如果我不繼續跟兒子說中文，他就沒法認識或學會中文了，所以，我很堅持地跟他說中文。孩子在幼兒園幾個星期後波文就進步得非常快，一個月後他不哭不鬧了，去幼兒園接他回家，他還不想跟我回去呢！他的中文和波文都說得一樣好。後來小兒子出生了，我還是堅持用這方法教他說中文。

直到現在三十年過去了，他們還是維持用中文跟我說話，跟爸爸就用波文說話的習慣。

第三個教漢語的對象是台灣小孩。駐華沙臺北代表處是在1992年成立的，那時台灣人很少，因此，國慶酒會時我們幾位台灣人都被邀請，真的覺得好光榮，也與代表處的關係拉近許多。幾年後代表處為了住在華沙的台灣孩子們著想，辦了一個中文班，問我週末有沒有時間去教孩子們中文，我說有。也因為之前有兩次教中文的經驗，我比較有自信，沒多想就答應了。我也把自己的孩子帶去學習，大大小小加起來也有十多個孩子呢。教著教著，突然父母中有一個聲音說：老師的學歷好像只有高中畢業⋯⋯，學歷不夠，教壞孩子怎麼辦⋯⋯，我們不要這個老師⋯⋯。

知道後我傷心難過了好幾個月，其實，那些父母說的都對，我的學歷確實不夠資格教孩子，當時代表處問我要不要教時，我已經表明了自己只有高中學歷，但他們認為這只是利用週末帶孩子說說中文、寫寫字而已，跟學歷高低沒關係，因此，我才答應接課的，但沒想到父母們還是在意這種事情。

經過幾天的思考，如果我要往教書這條路發展就得有高學歷，至少得有碩士文憑，這個社會就是憑學歷找工作的。因此，我決定去華沙大學的漢語系念書，感謝漢語系系主任接納了我，讓我從二年級下學期開始就讀，因為我在日本學習的一些科目能抵學分。

1999年我拿到了漢語系碩士文憑。

原本想畢業後留在華沙大學教書，當做回報大學，但因為求學時選到的指導教授是系主任的死對頭，導致我無法在系裡工作，其中也有一些教授從一開始就對我在那兒就讀，非常有意見，他們認為我是華人還要讀漢語，這是去搗蛋的。因為這些種種因素我無法在那兒教書。

雖然很難過，但為了幫助維持家中生計，我開始寄履歷表到各個大大小小的大學、專校去，一邊等回音，一邊去註冊自己的中文學校。在我求學那幾年我先生身兼二職，賺錢養一家4口，很辛苦。所以，我一拿到文憑就開始找工作。

只有註冊學校我才能合法地做家教課，當時是2002年，想學中文的學生少之又少，我的家教課一個星期只有三個學生，為了讓自己有更多的對外漢語教學經驗，我找到一個密集師資培訓課程，其實，他們只培訓教英語、法語、德語、西班牙語、義大利語等語言的老師，我說服他們讓我參加，說不定哪天有學校或公司行號需要中文教師呢，何況是我自己付錢的，對他們沒有任何損失，就這樣我被接受了。為期兩個星期的培訓，天天從早上八點半到下午四點半，雖然很疲憊但很值得。

第四個教漢語的對象是波蘭人。培訓課程完成後我去當地的語言學校應徵，只有一家有15個人一班的中文課，我把在培訓班裡學到的班級管理知識，及班級教學法應用於此，竟然那麼得心應手，學生們非常喜歡我的非傳統教學法的中文課。得到學生們的肯定是我最大的收獲。

一直到2005年我才收到華沙國立經濟大學的教學信函，這信來得真是時候，因為我的教學知識與技巧都有了很大的進步，當我面對二十幾個大學生時我不會害怕，我表現得很有自信，也歡迎他們問問題。我改變了他們只安靜地坐在下面聽老師說話的習慣，也常常讓學生們起來說話或做角色對換遊戲，我讓他們當「老師」教中文，而我當「學生」，大家在班上笑成一團，學得好開心呀。雖然這只是每學期招生的中文班，但我真心的感謝大學給我這個踏上自己心願的機會，並讓我自己找回了信心。

接著在2008年也收到了私立經濟大學的教學信函，那時這所大學裡只有8個學生要學中文，可第二個學期人數增加到15個人，而一年後這所大學就把中文列入為第二外語。這對我來說真是一種莫大的鼓勵與支持。

也是在這年我與一位波蘭學生合編一本教科書叫《我們說漢語》，在2009年出版，可以說是波蘭的第一本漢波教科書。兩年後，我們又合編了一本《商業漢語書》。

直至今日大學裡學中文的學生有一百多人了，而我的家教課從星期一到星期日，天天有5-7個學生來家裡學習，說不累是假的，但我累得很開心呢！

其實，我最應該感謝的是那些說我學歷太低的父母們，因為他們我才看得到自己的能力缺陷，也決定繼續求學，也因有文憑才能走上教書之路，實現了從小的願望。

碧海青天夜夜心

黃雨欣

從小就對文學懷有濃厚興趣的我，已經在德國生活了快三十年了，寒來暑往任歲月更迭，我卻從未中斷過筆耕。最初僅僅是對身在他鄉的一種精神寄託和情感的宣洩，久而久之，竟然不知不覺地走上了文學創作的道路。即便如此，我心中一直以來仍有個殷殷的心願，就是在德國辦一所具有自己特色的中文學校，既能發揮自己的語言特長，又能傳播中國文化，還能自食其力地在他鄉立足生存，真可謂是一舉多得。許多生長在海外的華僑子弟，雖然長著黑眼珠黃皮膚，卻是滿口的洋腔調，說起中文來總是怪調百出，有的在思維上乾脆就和母語文化斷層了，看到這些，更有一種強烈的弘揚祖國文化的使命感。

確切說，我的第一個學生應該是我女兒。雖然我沒有為她定時定點刻意地安排中文課，但在日常生活中卻是利用一切機會不動聲色地向她灌輸，久而久之，這種潛移默化的影響，使她在不知不覺中自然而然地對學習中文產生了濃厚的興趣。在她讀中文書籍或看中文節目時，隨時會提出一些問題，對有些帶有文化背景和歷史淵源的問題，我也儘量不厭其煩地給她解釋，使她在我這裡學到的不僅僅是中國語言，長此以往，女兒對中國文化也有了初步的認識，並連續幾年在《人民日報》海外版、中央電視臺等一些媒體聯合舉辦的世界華人學生中文大賽中，她都憑藉優秀的中文寫作能力獲得了大獎。女兒取得的成績使我有了信心，推己及人，便滋生出一個強烈的願望：在異國他鄉辦一所自己的中文學校，當一名特殊的教育者，專門向渴望瞭解中國的國際友人和在特殊語言環境下生長的華裔孩子們傳播中國文化知識。為了這個目標，2005年的夏天，我還專程飛回中國，整整一個月，每天在酷熱煩悶的桑拿天裡早早啟程，融入熙熙攘攘的車水馬龍裡，趕赴北京語言大學，如饑似渴地進修漢語教學課程。經過一百多個小時的苦讀，一路過關斬將，終於修成正果，以優異的成績順利通過結業考試，證書是北語當時的副校長——資深語言學家石定國教授親自頒發的。當時我手捧著這本沉甸甸的證書，真是萬千感慨，它不僅是我一個月揮汗苦讀的證明，更是對我多年來透過勤奮筆耕、積累文化知識、牢固語言基礎的肯定。

進修結束後，我剛剛飛回柏林，還未等角色轉換過來，就接到一個熟人的電話，這是一位在柏林華人界頗負盛名的商界女強人，既有成功的經商經驗又具備萬方儀態，同時還是一位望子成龍的母親。在電話裡，她急切地對我說：「聽說你進修漢語教學回來了，何時能開課呀？我準備把我的兩個兒子和一位朋友的女兒都送到你那裡學習。」我回答她：「學校正在籌備中，何時正式開學尚未確定，還得聯繫教室呢。」她快言快語：「三個孩子已經能組成一個小班了，還籌畫什麼？你的書房不是有足夠的空間嗎？就在那裡上課好了！這週末我就把孩子送過去，你定個學費標準吧，每週一次課，每個週六上兩小時，早晨頭腦清醒，就從早9：00到11：00行嗎？」我沒想到，學校還未正式掛牌，學生就主動上門了。為了有個良好的開端，更不願委屈了我這頭三名學生，剩下的幾天裡，我一邊忙著翻資料備課，一邊馬不停蹄地跑傢俱店辦齊了課桌課椅等教室必備品，還特意買來一塊大寫字板掛在書房的牆壁上。如此一來，我的書房儼然就是一間非常正規的教室了。因為平時對這三個孩子比較瞭解，我參考了大量的教學資料，結合他們的日常生活，專為他們量身定做了一套教學方案。為加強孩子們的參與意識，甚至連對話練習都是我用他們的名字以他們的口氣逐字逐句輸進電腦裡，然後又一頁一頁列印出來的。為了這次只有三個學生的中文課，我可謂煞費苦心地傾注了滿腔的熱情。

為使課堂的氣氛更加活躍，在開課的頭一天晚上，我又積極動員我的女兒參加這個學習小組。女兒說，明天中午她已經約了同學去參觀博物館，我一再向她保證11：00準時下課，耽誤不了她赴同學的約會，中文程度已經很好了的女兒才勉強答應給我捧場。

第二天是週六，我很早就起床把教室整理一番，歐洲的早晨氣溫偏低，我擔心凍著孩子，便早早打開暖氣，備好早餐，把女兒從週末一貫的懶覺中喚醒，硬著心腸，對她極不情願的表情視而不見。用過早餐收拾停當，時間已經指向了8：50分，我把女兒帶到書房，翻出一套國內小學不同年級的語文課本，一邊檢驗她讀課文的流利度和對詞彙的掌握程度，一邊等那幾名學生。直到女兒把從四年級到六年級有難度的課文都通讀了一遍，他們仍然沒來。此時掛鐘上的指標已經毫不留情地指向了11：00，正是我答應女兒的下課時間，我只好打電話過去詢問，那位母親連聲抱歉：「兒子們還沒起床，我又不敢催他們，怕有逆反心理，從此不學母語了，要不下午學吧。」因為下午我已約了採訪，只好回絕：「我下午沒時間，要麼馬上來，要麼就只好取消。」她忙說：「我馬上叫他們起床，你給我20分鐘。」我女兒一旁聽到我們的談話，帶著哭腔說：「還要20分鐘？我還有事呢，今天可不可以不學了？你讓我先走吧！」萬般無奈，我只好給她放行。

這邊剛答應放走女兒，那邊他們也終於姍姍來遲。這堂課的第一個小時是母親陪著兒子上的，期間她還不時地提醒我：「別太嚴厲了，對他們不能要求過高，得哄著來，要不他們就又罷學了。」真是可憐天下父母心啊！這位母親道出了從小小生長在海外的孩子們學中文的普遍難點，我也只好循循善誘地哄著這幾位個頭比我還高的半大少年學習母語。課上到一半時，只聽她溫和地詢問兒子：「媽媽今天就不陪你們了，你們想和這位阿姨學就留下，不想學就和媽媽回家。」少年們竟然表示要繼續留下，當母親的終於鬆了一口氣。

中秋前夕，孩子們還特地跑到我這裡，問我住在月亮上的那個仙女是怎麼回事？我借機給他們講了嫦娥奔月的故事，還教他們讀了一首李商隱的七言絕句《嫦娥》：「雲母屏風燭影深，長河漸落曉星沉。嫦娥應悔偷靈藥，碧海青天夜夜心。」孩子們反復吟誦著，一副若有所思的樣子。

後來，以我名字命名的「雨欣柏林中文學校」堅持辦了十五年，我的個性化的特色中文教學，使我的學生們對中文學習充滿了濃厚的興趣，並在歷屆作文大賽中都取得了可喜的成績。他們那一雙雙渴求母語文化的目光，堅定了我在海外辦學傳播祖國文化的信心。

我的最後一批學生考上大學遠走高飛後，年過半百的我又重新坐在教室裡，和女兒年齡相仿的年輕人們一起，進修充電。經過了一年半的德國教學法的強化訓練。令我大獲收益，通過結業考試的第二天，我就應聘到中國文化部駐德國柏林文化中心擔任對外漢語教學專職教師。隨著中國經濟的崛起，使世界對中國越來越重視，西方人越來越渴望瞭解中國和中國文化。今天，崛起的中國使我能夠站在更高的講臺上，盡微薄之力，力求把博大精深的中國文化向更遠的地方傳揚……

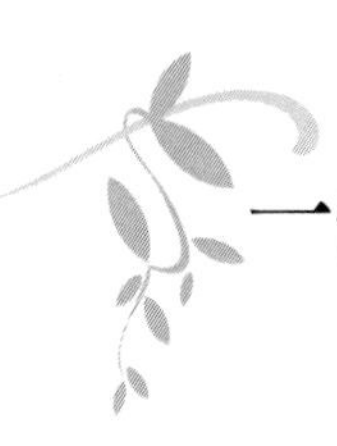

一個在歐洲打拼的台商故事

郭琛

小時易暈車，凡長途旅遊就不參加，所以從小到大讀書到就業都待在新竹，結果結婚後出差到美國近半年，之後每年都繞地球好幾圈。命理學家宣稱人的命（生存的軌跡）在出生時就設定好了，能改變只是運（生存的內容與結果）。以往不信鬼神，回顧過往，是運？是命？

逆境－潛沉

打從15歲父親車禍驟然離世後，臨事都認真盡責，所以不管在學習或工作上，成績、職位都相依相伴。但92年加入優美克斯（Umax）後的頭幾年，卻遭遇一連串的考驗，以往順境養成的傲氣被消磨殆盡，個性更加潛沉幾分。

1993年初受命成立優美克斯德國公司後，母公司卻將歐洲業務縮小到德國市場，臨行前再決定德國的四家代理商仍由臺灣出貨，子公司另找新的代理商。雖不理解、不喜歡，最後當作考驗與挑戰仍舉家遷德赴任了。小半年後業務日漸順暢，在媒體的推廣成果也屢見佳績，94年初簽了大型代理商Computer 2000與Gravis，幾個月後臺北市場部竟以原代理商群抗議，下令優美克斯德國公司停止銷售業務。

94年底總公司鑒於上市業績的壓力，要求德國子公司隔年一月起負責部分業務，即優美克斯德國負責高階Scanner-Powerlook的業務，而臺北繼續負責低階Vista Scanner業務。第一季的銷售數量結果比94年Q4旺季成長300%，營業額成長近400%，同時期臺灣負責的低階Vista卻衰退了70%。而總公司在季檢討之後，竟說是因德國市場業績不如理想，結果宣佈統一管理客戶、高階Scanner銷售撤回臺北負責，我才知曉這家公司是「缺席審判就改變事實的結果」。

到了年底，總公司再因業績壓力，三度要求優美克斯德國96年起負責德國地區的銷售責任。一月底HP Scanner大降價，在歐洲代理商要求降價回應，而總公司堅拒調降，臺北市場部卻要求優美克斯德國依計畫中的價錢、數量來下單。令人氣結的是，五月總公司另一主管來電質問為何庫存量過高？為何不反映市場需求？為何同意臺北市場部的要求？隨後宣佈撤回優美克斯德國的業務銷售權。

可想而知，身在德國的我，在達成指派任務（增加業務，維持獲利，配合塞貨）後，對臺北市場部的政治手腕感到無比的痛心。做為公司在歐洲前進據點，負責市場前線的衝鋒陷陣任務，彈痕累累是在所難免，但傷痕都是在後面，不知該如何處置？到公司還得繼續鼓舞德國員工，做好母公司要求的市場行銷任務外，私下心裡反覆掙扎是否該辭職應聘其他公司？或向太太認錯，再舉家遷回臺灣？

這時公司的Apple Clone部門，請我負責德國的Apple Clone市場，到年底銷售已佔歐洲業績6成，隔年5月負責地區更擴大到全歐洲市場。即使在98年結束前，仍將責任內、外的Apple Clone全賣完且帳款都收齊，相對於包含Motorola的所有Apple Clone公司與優美克斯美國都因大撤退，不是貨賣不出就是收不回貨款而繼續出現鉅額虧損。年底Scanner部門負責人特地到德國公司第四度要求負責德國市場，同時總公司成立了荷蘭公司，開始負責德國以外的整個歐洲市場與其他新產品。到98年底兩家年營業額相當，獲利結果德國子公司更是數倍於荷蘭子公司。99年初新任總經理比較兩家公司的能力後，決定關閉優美克斯荷蘭，由優美克斯德國接手負責整個歐洲市場。經歷幾次危機後，到了此時才有撥雲見日成轉機的感受。

原本96年就自覺地請辭了，雖被慰留但清楚成績是好是壞？老闆說了算，往後會待多久完全沒把握，只盡人事聽天命。在這段潛沉的日子裡，我想了很多，也想得很透徹，很多道理只有在逆境才能修練、悟透的。逆境時資源少到每一個都知珍惜，才能懂得成功須有外在條件來牽成。也只有渡過逆境的經歷，才能在順境時懂得感恩、知道珍惜當下。

順境－自我膨脹

台商即使有技術領先的好產品，也沒有行銷概念，到了產品Me Too時銷售結果就慘烈。作法是母公司把利潤留下後，只要求子公司賣出與收支打平，不管產品定位與目標市場的關係。也許是個性使然，當年到歐洲負責業務成敗時，就大膽堅持以（目標客戶的需求導向）產品技術來做品牌行銷的主軸。一般製造商一年能拿到一個媒體評比的第一名就不錯了，在scanner為當紅炸子雞的幾年裡，優美克斯德國竟可拿下上百個大大小小的獎，尤其連續兩年拿下德國最大雜誌ComputerBild的年度優勝獎、拿到第二大雜誌-PC Welt有16個月的Top 1，消費者雜誌-Stiftung Waren-Test的年度第一，這使得優美克斯品牌的掃描器，不但就此被公認定位比HP高、價位可更貴，還成功打進所有德英法大賣場，結果是銷售與利潤雙雙大漲，每年都有上百萬的淨利。歐洲據點也由德國一家公司，99年起陸續設立了英國、法國、斯洛伐克子公司，並與代理商合資波蘭、俄羅斯、捷克共八家公司，自己也設立一家公司，投資2家德國公司。公司從1998年起，年營業額一路由歐元3千多萬成長到8千多萬，且連續11年賺錢。後來因scanner市場被MFP取代，母公司陸續把各地的子公司關閉，2002年優美克斯德國部份股份也讓股與賣給我，我再找了朋友投資了Umax System GmbH。

在那短短的幾年，我經歷了業務高速成長、業務多角化、設立新公司、現金增資、引進新股東、蓋兩個廠房…等等，長時間工作處於非常緊湊且業務擴張的狀態。持續的成長與大量的獲利，像是吃了興奮劑，開始逐漸自我膨脹，當時就以為業務會持續成長而一味大肆擴張，也認為不會有無法解決的問題。當順境過得太久，容易自我膨脹、自以為是。當時自己亦是犯了此種毛病，長出了尾巴，且順境太久了，最後就自以為偉大不朽了。

我想起八零年代一個有關新加坡李光耀的政治寓言。

話說李光耀升天上了天堂。他到了天堂門口時，有二位天使已經等著他。

其中一位急促地說：「李先生，終於等到您了，上帝已病了好久一陣子，天堂的醫生都醫不好，只能依靠您了。」

李光耀覺得很奇怪，回答說：「我又不是醫生，我只是一位政治家。」

另一位天使回答說：「天使們都知道，但只有上帝不知道，他一直認為他是李光耀。所以我們要帶你去見上帝，讓他知道他不是李光耀。」

李光耀治理新加坡長達數十年，是一位非常成功的政治家，我是非常尊敬他。而當年自認管理、應變能力已經出神入化了，且以為賺錢太容易。

2008年後消費性電子已經昨日黃花，公司的利潤與金額也雙雙下跌，無法維持在歐洲龐大的行銷網路，只得重新評估每一據點的存在價值與意義。棄車保帥是得出的結果，所以接下來二年裏，風塵僕僕來往歐洲各夥伴公司，子公司與亞洲各供商，股東夥伴，到了2010年不想再過只有辛苦工作的日子，毅然決然將公司聲請清算退休了。

退休後的復出

在歐洲已過三十個年頭，且長期同時經營過數家公司，基本上歐洲公司的生老病死過程都一再處理過。當初對重大事件，在處理前除了深思熟慮，必要時再諮詢專業的律師與會計師；處理時也再三確定後按部就班；事後檢討更視為「把學習圓滿」，退休後也做些全方位的顧問。戰場有一句話：「進攻容易，撤退難」。進攻前都有詳盡周全的計畫，但撤退就無法計劃、執行到位。公司經營也會如此，很多公司負責人在大環境一變化就進退失據，常是患得患失地一錯再錯。幾年前為一家台灣上櫃公司整頓其連續虧損的德國子公司，上任前釐定新的經營模式，預告停損點，再立馬變動人事，結果一年期間內，費用減少了6成而同時在業務提高了7成。退休期間大多是協助開辦德國公司，與各種市場面、管理面的諮詢顧問。

如今已近法定退休年齡，在前段退休時，把自己品牌行銷案例與經營管理經驗，暨對孫子兵法應用在商場的心得，寫成《孫子兵法—品牌行銷白皮書》，並在台灣、德國、荷蘭、中國有超過30場次的演講，希望對有志於前進歐洲行銷的華人，提供參考的價值。人生六十才開始，目前服務於一家上市的台商公司，兩年來公司都有不錯的逆向成長，遊刃有餘且自覺過得比前段退休還有意義，夕陽無限好，就著實享受德國溫煦而悠長的「夏季夕陽」。

我協助創辦〈歐洲日報〉的始末

楊允達

《歐洲日報》停刊時逾十年，我忝為這家曾經為歐洲華僑提供精神糧食的報紙的創辦人之一，應該把當年創辦的始末追述一番，向讀者作一個交代。

《歐洲日報》創辦於1982年12月16日，每週出版五天，週二至週五出對開紙三張十二版，週六、星期日和週一，三天合刊出對開紙五大張二十版。立場公正，言論正派，深受歐洲華人重視，內容有：《焦點新聞》、《國際新聞》、《法國新聞》、《歐洲新聞》、《台灣新聞》、《兩岸新聞》、《三邊新聞》、《香港新聞》、《亞洲新聞》、《綜藝新聞》、《萬象/家園》等。該報在英國倫敦設有分社，在法國、英國、荷蘭有零售。地址：8, Rue Charles Fourier, 75013 Paris。

談到我在巴黎參與創辦《歐洲日報》不得不先提及我與聯合報系創辦人王惕吾先生的交往，以及我協助巴黎已故首位僑選立法委員苑國恩創辦《龍報》的往事。

1969年11月至1973年3月，我擔任美聯社駐中華民國臺北特派員，主辦美聯社在台灣的新聞採訪和業務推廣的工作。當時，《聯合報》抄收美聯社從紐約發至世界各報的傳真照片，並有意和美聯社簽訂合約，獨家抄收《道瓊財經新聞》。

《聯合報》發行人兼社長王惕吾，為人正直，待人親和，平易近人，是我至為崇仰敬佩的長者，這項合作很快簽約，惕老從此對我另眼相看，彼此間往還增多，每逢美聯社主管遠東地區業務的東京分社社長哈森布許（Henry Hartsenbusch）來臺北考察業務時，惕老都會設宴款待，一定有我在場作陪。

1973年3月我重返中央社，社長魏景蒙派我來巴黎擔任特派員。1978年冬，旅居巴黎的華僑苑國恩，有意參選首屆歐洲僑選立法委員，央請我協助他創辦《龍報》並籌組法國華人商會、華僑學校，以及河北旅法同鄉會，壯大聲勢，作為參選資本。我幫他編印出版創刊號，並向法國巴黎市政府登記立案，成為合法的中文報紙。

這個消息傳到王惕吾的耳裡，當時他已在美國創辦了《世界日報》，立刻想起要在巴黎創辦一家中文報紙，使聯合報系成為遍佈全球的報業組織，為世界華人服務。

1980年夏天，惕老從臺北飛到巴黎，下榻剛落成的Hotel Concord Lafayett，邀我去他的酒店共進晚餐。私下向我透露他要在巴黎辦報的構想，請我去和苑國恩商談高價收購《龍報》，作為聯合報系進駐巴黎創辦報紙的基石。我立刻答應願意效力。

苑國恩不肯放手。因為那一頂《巴黎龍報發行人兼社長》的帽子，在臺北政壇上是很受人重視的，僑選立委兼僑報發行人，在臺北是很吃得開的。

我沒能說服苑委員，然而惕老鍥而不捨，另闢蹊徑，找到王效蘭的夫婿朱英鍚的法國友人杜怡之（Nicola Druz），請杜怡之出任歐洲日報社長。杜是法國籍的越南後裔，作為吃牌人，完全合格。他輕鬆坐上歐洲日報社長的寶座長達二十七年，是他一生中最風光的一段。

但是，在惕老決定在巴黎創辦歐洲日報，直到登記立案，租妥巴黎第十五區社址（167 Rue Lecourbe, 75015 Paris）正式創刊出報的那一段草創時期，我在不影響中央社的採訪和報導的工作原則之下，一直扮演主編的角色。

在歐洲日報尚未出報上市之前半年，我每天清晨五時起身，獨自上街採買剛出爐的Le Monde, Le Parisienne, Figaro, France Soir報紙，選擇與華僑有關的新聞，內子王萍助我譯成中文，電傳到臺北總編輯陳祖華的桌上，由他編好版，再電傳到巴黎，試驗印刷出報。

巴黎《法新社》副社長米榭。聖波（Michel Saint Pol）是我的老友，我於1965年至1969年出任中央社駐非洲特派員時，聖波曾被法新社派到衣索比亞擔任特派員，他上任時，我曾在衣京設宴為他接風；因此，我很樂意介紹他到臺北，拜訪惕老和王效蘭，商談合作，促成《歐洲日報》抄收法新社的每日新聞，翻譯轉發給歐洲華人讀者。

1982年尾《歐洲日報》創刊時，王效蘭發行人親自來巴黎坐鎮，《經濟日報》社長王必立也來襄助。臺北聯合報系的資深編輯唐達聰，擅長經營管理的李在敬和夏訓夷也先後被調來巴黎助陣，仍由我負責選稿分稿，同時，王效蘭發行人禮聘精通法文的吳玉倫，擅於攝影的郭乃雄進入編採部，並招考易澤翔，張曼妮和蕭曼等翻譯促銷人員十多人，參與工作。

王效蘭發行人早年從臺北世界新聞專科學院畢業，留學瑞士，法語流利，富有辦報經驗，待人處世，繼承惕老的風格，豪爽明快，極受同仁愛戴。

我在《歐洲日報》工作一年多，1983年底我奉調臺北，出任中央社臺北總社外文部主任，辭去巴黎《歐洲日報》的兼職，由吳玉倫接任。

2009年8月31日，隸屬台灣聯合報系、總部設在巴黎的中文《歐洲日報》刊登啟事，宣佈8月31日起停刊。停刊的解釋是：「網絡新聞媒體普及，影響紙質媒體的發行；而金融危機的衝擊，更造成廣告流失。」

《歐洲日報》停刊的原因就是分類廣告越來越少，讀者市場出現萎縮，廣告大量流失。當然就整個報業的趨勢來講，不光是中文報紙，網絡電郵的發展，還有法國免費報發行佔去了很多市場，報紙的經營就比較困難了，報紙訂戶也減少了。法國的很多平面媒體也遭遇同樣的困難，也波及到《歐洲日報》，使報紙繼續營運感到困難。但是，我們《歐洲日報》同仁將近三十年的辛勤付出，已在歐洲華人社會史冊上，留下彌足珍貴的一筆，也是值得大家長久懷念的。

法國在台協會曾在臺北舉辦國慶酒會，特別安排簡單隆重的頒獎儀式，頒發《法國榮譽軍團軍官職等勳章》給《歐洲日報》發行人王效蘭女士，表彰她促進中法文化交流的貢獻。

莫非你是禮拜天出生的孩子？

岩子

我曾經在德國國企打過兩次工。一次是當學生的時候，一次是當學生之後。一次是人家送上門的，一次是自己送上門的。

那是初來乍到德國的頭幾個星期的某一個週末，我應邀去參加一個夏日篝火晚會。在此之前，晚間未曾邁出過門檻一步。

我要去的地方在萊茵河彼岸的考斯特海姆。出發前，舍友赫爾嘉叮囑我說：「記住哦！在中央火車站轉乘13路。」

車至總站時，只見各路公交大巴雲集站前廣場，匆匆過往的行人中，有那麼幾位手持大哥大，身著深藍制服的男子，正煞有介事的嗚裡哇啦。我好奇得不成，徑直走向離得最近的一位，劈頭蓋腦地問他說：「咋回事兒？莫非有政要到訪？」未曾想我的這一問，把那個藍制服大哥大惹得哈哈哈笑了個前仰後合。原來此乃一件再平常不過的「天天發生」：就是因為晚上客流量小，車次比白天的少，為了避免夜行客們不小心錯過了換乘而苦等下一班，故而每天自20：00點起，所有公車皆被安排於同一時刻彙聚一處，以保證每一位乘客都能夠不失時機不費周折地轉換到自己要去的方向。德國人的嚴謹務實，從法蘭克福走下飛機的那一刻，就頗有感觸。而美因茲市政公司便民入微的細節，令我對德國人的印象好上加好。僅舉一小小不言的時刻表為例，各個公共汽車站都有張貼，告訴你，幾點幾分，將有某路公共汽車經過。你只須把握好從家或課堂步行至車站的時間，踩著點兒到就成，十有十准。

說話間，各路大巴一輛輛揚長而去。噢天，我的車！我這會兒才想起自己原本的正事兒。藍制服大哥大關問道：「您要去哪兒？」我答，「考斯特海姆。」「已經開走了，只好等下一班了！還得20分鐘呢！來，到我們辦公室裡坐坐吧！」

辦公室位於站前廣場的中心位置，有一問訊口，有一售票窗，剩下一個空間不對外，是調度人員在座的地方。藍制服大哥大把我剛才的笑話學給他的同事們聽，一夥人樂不可支，圍著我七嘴八舌地問這問那。說著說著，不知怎地繞到車子上了：「您會開車嗎？為什麼不會開？咋會沒車呢？哦，太貴？買不起？到我們公司來開呀！經常有大學生來打工呢！呵呵，還沒有駕照？這您甭擔心，我們公司提供免費培訓……」我一邊聽著，一邊心裡頭小兔子一般砰砰砰跳著，仿佛人已經坐在公車頭的駕駛座上了似的。「不——敢——，那我肯定會一頭大象闖進了瓷器店不成！」車，斷是開不得的，我怯生生地說：「換個別的活計還差不多。」哈哈哈，一陣哄堂大笑中，大哥大抬起手腕看了看表，收起笑容對我說：「留下您的電話吧！現在我來送您過萊茵！」我喜出望外地與眾人道了別，隨著大哥大坐進了停在辦公室門口的小轎車。只見他藍色警燈往車頂上一放，不多會兒，我就一路興奮不已地來到了萊茵河對岸。

大約三周後，「大哥大」果真打來了電話，而且還帶來了一個連我自己的耳朵也無法相信的消息：「有一份臨時工作給您，為期四周，願意嗎？」我大喜過望：「當然願意啦了！」舍友赫爾嘉聽了，對我說：「莫非你是個禮拜天出生的孩子？隨隨便便在大街上就撿到一份工作！」「嘻嘻，誰說不是呢？當初，給他電話時，我私底下還嘀嘀咕咕，萍水相逢的，要去我的號碼做什麼？」

就這樣，來德不足三個月，我便在美因茲市政公司Erhöhtes Beförderungsentgelt，一個打交通駭客辦公室開始了我的打工生涯。八十年代末九十年代初的德國，公車上已沒有了跟車的售票員，買票檢票全憑自覺，查票員偶爾才有碰見。不過，一旦蓄意逃票者被逮著，必將以數倍的罰金伺候。逃票行為超額三次者，對不起，不僅會收到一筆高額罰單，還會有請到法院追責，弄不好成為一名有「案底」分子，日後找起工作來可就麻煩了。

駭客辦公室不大，共有三名科員，科長是一位名叫布裡吉特・舒普的中年女性。我每天的任務，無非是把檢查員上報逃票者及資料登錄電腦，然後分門別類地定性處理。大概我任務完成的還不錯吧，一個月後，我的工作合同被續延了三個月。記得那年的暑假好長好長，是我記憶裡最長不過的一個，四個月之久。我一邊打工一邊心有旁騖地胡思亂想，這德國的大學生什麼時間念大學啊？！

暑假即將結束的某一天，舒普女士找我談話，說有意留用我為正式職工。我聽了之後喜憂參半。高興的是，輕而易舉地就得到一份其他留學生夢寐以求的工作。煩惱的是，我原本是來讀書和學位的啊！謝過舒普女士對自己的器重，我老老實實地告訴她，太突然了，一點兒思想準備也沒有，可否給我幾天時間考慮考慮。

接下來的日子，我一直陷於不知所措中。剛巧一位先我出國的老同事週末打來電話，我便把自己的為難吐露於他。「這有什麼舉棋不定的？」他說，「先把銀子掙下，書啥時不能讀？」

我覺得他說的蠻有道理，於是便想出了一個折中的辦法：半天學習，半天工作。未曾想舒普女士欣然應許了：「嗯，也成，我這就帶您去見上司。不過，您可千萬別再猶猶豫豫，像之前在我這裡似的！」

就這樣，我成為該公司有史以來所聘用的首個亞裔和中國籍行政職員，還因此受到了最頂頭上司的特別接見。

回首在美因茲市政公司的那些個歲歲月月，十分的開心且難忘。科室之間，櫻桃紅了有櫻桃吃，核桃熟了人人有分。同事關係，不遠不近，友好而單純。我的那份工作輕鬆得不費吹灰之力，報酬豐厚不說，還有工作月票等等福利。每逢節慶活動，公司還給補貼，那零花錢每每多得我吃也吃不完，喝也喝不掉。不止一次地暗自興歎，難怪德國人不願做資本家呢，當一名藍領是多麼的輕鬆愜意，多麼的高枕無憂啊！

後來，由於工作需要，我被調派到客戶管理服務處幫忙。客戶管理服務處有兩攤兒，一攤兒在主樓的六樓，一攤兒在附樓的一樓。附樓的那一攤兒大都是外勤人員，基本上是一上班打個照面就走了，直到下班時間才回來。常駐辦公室的是科長盧萊先生和秘書霍夫訥女士。霍夫訥女士身材豐腴得接近於肥胖，但有一張十分漂亮的臉蛋。她有五個孩子，三個親生的，二個收養的，老公在某家銀行供職。大概看我是個不會長久的留學生吧，隔三差五地會給我嘮叨一些自家的家長裡短和公司裡男同事們的雞零狗碎。我有一耳朵沒一耳朵地聽著。起初，對不上號，也壓根兒沒有興趣去對號入座。但有那麼一句卻被我聽進去了，且迄今念念不忘，因為跟我們中國的「男人都不是好東西」太如出一轍了：「這些男人啊，一個安分的也沒有！」

除了霍夫訥女士，接觸最多的自然是盧萊先生了。盧萊先生每早走進辦公室的頭等大事是去蹲廁所，且一蹲就是老半天。然後，把從廁所帶出來的兩份報紙，一份《圖片報》，一份《美因茲日報》，大大方方地扔在我的辦公桌上。偶或，還會聽見他在隔壁電話裡顯然不是跟他的老婆甜言蜜語。我不由自主地又在心裡頭大呼小叫，這德國國企跟我們的社會主義事業單位有一拼啦！忘不了有那麼一回，用戶來電話了，火燃眉毛，但非我能解答和決策的問題。只好要下對方的電話號碼，滿口應承儘快解決儘快回復。可聽完我彙報的盧萊先生，卻無所事事，一點兒也不急顧客之所急。見他這樣，我堅持說，我可是答應了人家的！這家人可是取暖中心出問題了！未曾想他把手輕輕一揚：「沒事沒事，若真的是火燒眉毛，他們自會找上門來。」天啦！我傻眼得厲害，德國人嚴謹、敬業、誠信等等優秀品質都哪兒去了？盧萊先生的上輩子恐怕不是德國人吧！弄不好是拿破崙的侵略軍留下的種子呢！哼，沒準兒他身上流著的是義大利人的血呢！退回若干若干個世紀，羅馬人不也獨領風騷了數百年嘛，在萊茵河流域？忍不住去刨根問底，發現Luley（盧萊）作為姓氏，可追根溯源至中古世紀，主要分佈在德國，法國，英國和美國等四個國家，更叫人啞然的是，其含義為「懶漢」。

許多年過去了。有一天，在州府逛大街時，很意外地遇見了久違的霍夫訥女士。欣喜之餘，打聽起昔日的同事們。那位喪妻的同事後來又成家了，那個叫曼高特的同事不幸患了肺癌，盧萊先生跟他的妻子離婚了，哦，還有史品勒，就是老給我們帶來天底下最香噴噴小麵包的那位，在外面跟人生了個男孩兒，被他老婆知道了，正騎虎難下著呢！

再再後來，我聽說史品勒也被離婚了。

願有歲月可回首

楊悅

這個週六公司將舉辦20周年慶祝晚宴。先生問：「你想說點什麼嗎？」嗯，還能說什麼；除了感謝大家的辛勤工作，祝願大家吃好喝好，不醉不歸。

二十年的風雨，二十年的甘苦，冷暖自知，一言難盡。

心中還是有幾許感慨，欲說還休：二十年，猶如白駒過隙，年輕的文科女生變身中年的商場女士。曾經陪伴安慰、曾經支持幫助我的親人故舊，慢慢白了雙鬢，有的依然在身邊，一如既往；有的去了遠方，音訊渺茫；還有的，去了更遠的天堂，留下無限懷想。

自己開公司當老闆並非一開始就有的理想。那個時候，作為自費留學生，我的夢想很簡單：自食其力，不向父母伸手要錢，在這片美麗的土地上合法地呆下來，過一份自給自足、自由自在的生活。

上世紀90年代，中國留學生在工作上的選擇，不像今天這麼豐富多彩。要想獲得一個合法的長期居留身份，談何容易。當時德國的政策是要求留學生學成後歸國，不鼓勵留下來尋找工作。拿到學位後，能夠順利獲得工作簽證的留學生屈指可數。於是自己出資成立公司，為德國人提供工作位置，從而改變留學簽證為長期居留，成為定居德國的一條途徑。

當時北威州有不少臺灣公司，我初來乍到，兩眼一抹黑，完全不瞭解情況，一直在德國工廠打零工，工資低，工作單調乏味，完全不能學有所用。直到一位臺灣女孩主動把臺灣商會發行的北威州台商通訊錄郵寄給我，才引領我進入了臺灣電腦公司這個圈子。這個女孩是我剛到馬堡大學時結識的朋友，我們住在學生宿舍的同一層。她教會我烤第一個蘋果蛋糕，送給我第一瓶真正的香水。後來她拿到學位，回了臺灣，在一家大公司供職。女兒出生的時候，她出差來德國，到家裡看望我們，送給孩子一個粉紅色的絨布小熊。十三年倏然而過，簫聲咽，音塵絕。我們各自營營役役，柴米油鹽，斷了音訊。仍使用著她贈送的藍花白瓷咖啡杯和餐盤。每逢聖誕，拿出她在馬堡聖誕市場買的綠色杯子喝熱茶，對女兒說：「看，君阿姨送我的。她是媽媽在德國的第一個朋友。」平時難得提起她，但凡想起，盡是溫柔美好的感受。

人和人的差別怎麼那樣大。打工的第一家臺灣公司的老闆也是一位來自臺灣的女人。遇見她之前，沒有接觸過這樣的人，成天拉長著臉，眼睛不看人，說話帶刺，讓人不知如何反應才好。因為她不是就事論事地批評或指責，而是自說自話地發洩情緒，順便把你捎上。後來想想也難怪，她懷孕後被德國男友拋棄，挺著大肚打點公司所有事務，忙前忙後，心情怎麼輕鬆得起來。那個男人是她的客戶，高大壯實，時不時來公司提取幾箱貨物，也是老大的不耐煩，一臉的焦慮與嫌惡。兩人見面時充滿了火藥味。她用英語與德國客戶電話溝通，心急火燎，憋嘴搖頭。

那份工作卻讓我第一次體驗到了獲得訂單的快樂。她難得臉上有了笑容，誇獎我這麼快就找到了大客戶。她笑起來的模樣蠻好看的。因為離家遠，我暫居在她家裡，按照她要求的金額付房租。有錢掙就不怕花錢，但朝夕相處中，成天看她的臉色，我感到壓抑和不快樂。從小到大沒有經歷過這種狀況，不懂得寬解和安慰自己，也不懂得應對或回擊她的冷嘲熱諷。公司在工業園區，距離住家很遠，沒有便利的公共交通。她自己開車，但不肯順路捎帶我。我要麼走非常遠的路，要麼搭好心人的車。有時候陌生男人的車停下來，我也壯著膽子上，心裡忐忑不安。那個時候是1994年的夏天，沒有手機，打座機嫌貴，只好週末回家向男友訴苦。我想不能輕易放棄一份來之不易的白領工作，應該把受氣當磨煉，所以想訴苦之後繼續幹下去。他卻怒了，一拍巴掌，說：「不做了，吃苦可以，受氣沒有必要，特別是搭車不安全，另外再找工作吧。我今天就去替你搬行李，回家！」

現在回頭看，也許這位老闆娘從小到大沒有被真正地愛護和關心過，沒有被溫柔地對待過，所以無力也無能去善待他人。她好看的五官和難看的表情是先天與後天不同待遇的結果。

人要想真正地悅人耳目，更多需要後天的修煉與精進。胭脂遮不住嗔恨，華服蓋不住貪婪，平心靜氣才養眼。

後來兩年我在另外幾家電腦公司打工，有的老闆曾經是大陸留學生，他們為人大度，待我和善友好，也很信任我的工作能力，讓我獨當一面做採購與銷售，領略了與德國人做生意的不易和樂趣。

但身份問題始終困擾著我。學期間，學生的工作時間是有限制的。沒有合法的工作許可，一有風吹草動，就難免擔驚受怕。不論做生意還是做人，重要的是不能違規，否則走不長遠。

猶記得一次海關官員突然上門查貨，嚇得我心驚肉跳。好在德國人分工明確，只對貨物感興趣，對人視而不見。但我意識到，這樣不是長久之計，必須要有合法的工作許可，才能心無旁鶩地打工掙錢。

不間斷地打工耽誤了學業。二者只能取其一，相比之下，掙錢更吸引我。鳥生來為飛翔，人生來為幸福。而人最基本的要求是過一種有尊嚴的生活。沒有自給自足的物質基礎，何來尊嚴。

憑自己的勞動，掙一份收入，是一份滿足和快樂。

沒錢的時候，熱愛掙錢，理直氣壯。有了足夠的錢，熱愛讀書音樂旅行，則心安理得。

當生存不再是問題，如何解決身份變成最大的難題。

在父親母親的精神鼓勵和經濟支持下，我終於在來德四年之後成立了自己的公司。男友問，要不要找個合作夥伴，這樣壓力小些。我說暫時不要，我想試試自己一個人能走多遠。人不能自以為是，但也不必妄自菲薄，憑直覺我相信自己能行。以前接觸過的老闆們成為我的榜樣。他們能行，為什麼我就不行呢？27歲的姑娘，有這股勁。

為了節省金錢，我沒有請律師幫忙開公司。男友激將我：「你不是德語科班出身嗎，見誰都喜歡說兩句，為什麼不自己試試？你平時的自信呢？」初生牛犢不怕虎，我拿著父親替我翻譯的材料，和我自己起草的公司經營方案，去工商局申請開公司。當年接待我的那位老先生，我還記得他的名字和他當時一瘸一拐走路的樣子，好像是痛風病犯了。他問了我幾個不痛不癢的問題，然後隨便聊了聊，就讓我回家靜候通知。他的神情態度和言談舉止，讓我內心篤定。只要他願意相信，相信面前這個中國女人，相信她有辦法做生意，帶來工作位置和稅收，他就會批准。而他沒有看走眼。

年輕的時候，理工科男友調侃我：「風花雪月文科女，百無一用好打扮。」，我聽了會不開心，甚至反唇相譏；現在則一笑置之：在異國他鄉，一個人的語言表達能力是多麼重要。語言是人與人交流溝通的工具，是表達思想，抒發情感的利器。我對高科技產品知之甚少，但能夠在短時間裡贏得客戶的信賴，在他們抱怨的時候耐心解釋，急躁的時候巧妙安慰，猶豫的時候誠懇說服，靠的不都是語言這個「敲門磚」嗎？小時候，父母親諄諄教導我要練好毛筆字，說字是敲門磚。到了德國，德語就是敲門磚。語言好，不僅能獲得理解和認可，還能贏得客戶和訂單。

如果說商場如戰場，那麼，二十年的戰場，該有多少車輪滾滾，灰飛煙滅。

一路走來風平浪靜 心情篤定

楊翠屏

「人生七十古來稀」這是古時的說法，現代人雖然長壽，但完全健康年齡約六十八歲左右。時光不經意地溜走，來法已屆45年，從留學、結婚生子到定居，閱讀、學習、寫作、旅遊，熱情不減當年。「坐在家裡，不務正業，但有成就感」，是我一部份生活的寫照。

選擇到法國留學

政大外交系四年級開學不久，我補習一個月英文，之後以高分通過托福考試，那時尚未確定是否去美國留學，只是先做準備工作。雖然唸的是外交系，對國際公法及政治學並不特別感興趣。承蒙法文教授傅承烈神父之助，畢業後有機會到法國留學。我們系裡出國留學皆選擇美國，我是唯一到歐洲的。很慶幸當初的抉擇，因除了英文外，我又多學會另一種語言，受惠於地理位置，日後有機會周遊歐洲列國，認識多種文化，體驗不同民情。

求學時期的苦樂

我沒拿政大外交系文憑直接攻讀法學或政治學博士，而是在里昂第二大學大學部現代文學系註冊，雖然唸得很艱難，但紮實法文基礎。與法國大學生一起上課是很辛苦，抄筆記時寫了一半，下半部的句子接不上來，因還不完全習慣聽法語，於是向同學借筆記本回到宿舍補寫。4小時的考試，是論據一個主題或評論讀過小說的一個段落，任學生自由發揮，我感覺像小學生在作文。皇天不負苦心人，終於通過層層考試，對後來閱讀、書寫受益無窮。在異鄉也較沒疏離感，易於融入當地社會，精通外語是利器。

唸書時，獲悉兩位同學必須賺取生活費，因父母認為高等教育不是必要的，須自己設法。想想東京中央大學法律系畢業的父親，堅持我們楊家五個女孩必須唸大學。台灣1967年大專聯考錄取率是26%，而我們那個年齡層，僅有7%的女生獲得大學文憑，男生則是10%，法國與台灣比例一樣。

里昂的學生時期，透過學生服務中心社會助理的介紹，課餘我曾看顧小孩、新年替人洗碗盤、婚宴端盤子、秋天採葡萄等工作，豐富了我的人生經驗。除夕夜我出發工作之前，社會助理推薦我的模範生卡片及贈送的祈禱小雕像，至今我珍貴保留。

我在大學女生宿舍居住期間，認識一位比利時與摩洛哥混血女孩，每逢學校假期，她皆搭機回摩洛哥，我當時好生羨慕。另外一位十八歲日本女孩，來里昂學習法文，時常獨自搭火車到歐洲國家旅遊，日本護照不必簽證，很方便，我很佩服她的勇敢獨立。我暑假時也沒餘錢回台，但想想能來法國求學著實不易，父親只是一名公務員。

有幸先後在里昂二大及巴黎七大求學，最大的收穫是自由批判和獨立思考的精神。1989年10月獲得文學博士學位，兩年後通過副教授資格甄選。我認識的五位女友，唸了幾個月博士班，或第一年課程結束後，沒著手寫論文，著實可惜。有的是結婚生子，有的沒真正的興趣與動機，我比較有鍥而不捨的心態，固定目標之後，一定勇往直前。

寫作萌芽

我於1979年5月結婚，婚後數月搬到巴黎北部亞蒙（Amiens），開始投稿『婦女雜誌』。1982年夏季外子被法國外交部派往非洲加彭（Gabon）當叢林醫生。在異地有感而發，陸續替『婦女雜誌』寫了一系列旅居叢林的文章。

1984年返法後在東北部南錫（Nancy）居住六年，拿到駕照也獲得博士學位。1990年夏季遷居里昂迄今。1991年秋天開始替《中國時報》《開卷版世界書房》專欄撰寫法國書評三年，閱讀大量書籍外，也磨練寫作技巧。之後想自己著書創作。因不須負擔生計，我放棄申請有固定薪水的大學教職，繼續我的書寫工作。

作品問世

大學外交系的課程涉及國文、外文、歷史、政治學，法律、國際公法、心理學等範疇，四年的潛移默化，開啟我對外語、歷史、社會學、心理學的興趣。外子是醫生，我也閱讀數種醫學期刊，進而自己購買醫學書籍。十幾年以來開始研讀腦神經科學，現家中訂閱《大腦與心理》月刊，大腦是一個複雜、神秘的器官，研究發現窮無止境。外子也訂有五種科學月刊，我會閱讀自己感興趣的文章。

雖然取得文學博士學位，我不寫小說。至今翻譯三本書，書寫七本書：《看婚姻如何影響女人》、《活得更快樂》、《名女作家的背後：八位英語系經典女作家小傳》、《誰說法國只有浪漫》、《忘了我是誰：阿茲海默症的世紀危機》、《你一定愛讀的西班牙史：現代西班牙的塑造》、《情繫西班牙》等書籍，其中五本皆繼續銷售，最後三本書皆獲得僑聯海外著述學術論著獎。範疇包括社會學、文學、醫學、歷史、人文等。把學術論著大眾化，符合我「傳達資訊、傳遞知識」的寫作理念，讓書籍具有知識性、可讀性和趣味性。

一位朋友問我非學醫，怎能寫出《忘了我是誰：阿茲海默症的世紀危機》？我莞爾回答因平時習慣閱讀醫學期刊、書籍，撰寫時沒太大困難，遇到難題時可請教外子。創造的火花並非毫無努力的自發現象，靈感亦非空穴來風，貝多芬優美、悅耳的音樂，是連續失敗後的成果，牛頓經過長期的思考、追尋，才發現萬有引力定律，愛因斯坦自認是專注的偏執者，才能瞭解宇宙奧妙。

文化之旅

我熱愛參觀作家、音樂家、歷史人物、偉人故居博物館，「無法抗拒偉人曾站過的地方，過去崇高、高貴的力量極具吸引力…」，我與熱愛古代藝術與文化、普魯士駐教廷大使威廉・洪堡（Wilhelm von Humboldt）有同感。在法國方便到其他歐洲國家旅遊，每年七月我們會驅車去一、兩個國家做文化之旅。外子2009年春天退休後，我們改在五、六月觀光客較少的月份出遊。

構思、孕育《名女作家的背後》一書，我走訪勃朗特三姐妹英格蘭北部赫佛斯（Haworth）小鎮，感受英國文壇奇葩的生活環境、私人樂園的曠野孤寂氣氛。她們短暫的命運令人同情，困境中強勁的生命力、留世的偉大作品令人景仰；珍・奧斯汀在喬頓（Chawton）的兩層樓紅磚房子；喬治・伊裡亞特現改為旅館的童年故居Griff House，她經常使用圖書館的奧伯利宅第（Arbury Hall）；維琪妮亞・吳爾芙倫敦海德公園門22號，出生至父親過世時居住的房子；《遠離非洲》作者卡茵・布利遜於哥本哈根北部倫斯德特（Rungstedlund）故居博物館及墓地，皆有我的足跡。

為了寫兩本西班牙的書，我們做了十次深度之旅，踏尋西班牙王族、聖者、文學家、畫家、科學家的足跡，及歷史遺址。配上實地拍攝的精美圖片，給讀者帶來西班牙文化、歷史的另一種心靈感受及深度之旅。歷史事件不再是枯燥的書本知識、理論，它成了活的經驗，印象深刻、烙印腦海，形成一部分的自我，不滅的靈性。

我現鍾情蘇格蘭，熱衷研讀地質學，蘇格蘭高地西北部可說是地質公園，那裡有地球上最古老的岩石。這項新的興趣是2017年、2018年蘇格蘭深度之旅萌發、培養的。文化之旅不僅擴展視野，亦可培養新的興趣。愛丁堡是我最熱愛的歐洲首都，許多免費博物館步行皆可抵達。這座佈滿雕像的城市，觀光客可窺問、瞻仰歷史、哲學、經濟、醫學等領域的傑出人物。

歲月匆匆，一去不復回，從少婦到耄年，一路走過來無怨無悔，心情篤定。有人曾問過我如何為自己身份下定義，我是久住法國的台灣人，接納西方不少價值觀，但也沒忘記中華民族傳統美德。每次返台皆很興奮、充實與快樂。我若留在台灣，可能會在大學授課。在國外才發覺中文文字之美，而成為作家。閱讀、寫作、旅行豐富我的生活，亦給人生賦予目標與意義。心智成熟的路途平穩、豐碩，當初來歐洲的抉擇是對的。

回顧我的寫作道路

穆紫荊

我的創作是從散文、微型小說開始、到走入短篇小說和中篇小說，之後，我進入了自由詩和古典詩詞的寫作，然後才開始長篇小說創作的。

從散文、微型小說、短篇小說到中篇小說，很順理成章地是一路越寫篇幅越長。可是在2015年前，我對長篇小說的創作都一直沒有衝動。我很敏銳於捕捉生活中掉入我眼裡的那些點點滴滴，然後當我找出這些點滴之處為什麼會打動我之後，便嘗試著將它寫出來。就好像一幅一幅的風景畫。我素描自己在生活中的收穫，並將光源聚焦在打動了我的地方。所以，從2007年到2015年這8年裡，我基本上就是沉湎於這樣的一種以短小微型去彰顯大智大愚的創作方式。

2012年，老木出任《布拉格時報》的社長，他當時問我有沒有可以供報紙連載的小說，可以幫報紙打開銷路。於是我就將手頭剛剛打出初稿的中篇《灰眼珠、黑眼珠》又改了一遍之後，拿給他去連載了。其實我當時的感覺是，還可以再改第三稿，將故事和細節再描述得更加細一點。可是我沒有時間了，因為我所在的公司宣告破產。為了不影響家計，我在朋友的介紹下，去了法蘭克福的施華洛世奇工作。

我開始利用每天在火車上的時間寫詩。有新詩，也有古典詩詞。因為詩句可以讓自己有冥想的空間，也不必要求有連貫性。比較適合舟車旅行的狀態。所以在兩年多的時間裡，我積累出了第一本詩集《趟過如火的河流》。

後來發生了兩件事情，一個是老木將自己的長篇小說《新生》交給了我，讓我替他提意見。二是他策劃了一個和二戰主題有關的環球行專案，要我幫忙並出任做聯絡歐洲事務的聯絡官。這兩件事，一是激起了我對創作長篇小說的興趣，二是把我從小我的生活圈子裡拽出來，投入到二戰的歷史中。它們同時發生在2015年，我所接觸到的資料，直接促使我於2017年10月開始，歷時一年，寫出了於2019年1月出版的長篇小說《活在納粹之後》（又名《戰後》）。由於書中所描繪到一些的場面久久地在腦海裡難以揮去，在尋找出版社之際，又突發衝動親自給此書做了插圖。將自己在寫作時腦海中所呈現的部分畫面，速寫了下來。

回顧自己在文學創作上的一個有趣現象：就是我在創作長篇的同時，對古典詩詞的創作熱情也同時高漲。兩者並駕齊驅。一邊的我遊曳在歷史的長河中消化著浩瀚的史實，另一邊的我凝神屏氣遊戲在格律很嚴格的平仄押韻裡。這兩個一長一短，一活一死的操練，平衡了我這一年多來的創作狀態。沒有讓我因長篇可以天馬行空而走火入魔，也沒有讓我被枯燥的詩詞格律而玩死。這兩樣東西像陰陽兩極，讓我品嘗到了創作的張弛和壓縮的平衡之樂。

寫作可以舒緩內心的各種情緒。其次寫成之後給自己帶來滿足感和成就感。為了快樂和滿足自己的心去寫作是有益的，反之，如果為了攀比、競爭、名利就是有害的。因為隨著時間的流逝，名利等都會過去，只有愉悅了自己所帶來的身心健康才是無價的。這是我自己在寫作上的體會和標準。

不斷接近的理想——20年的文字成長

老木

大概是這個世紀初的時候，我在捷克已經工作生活了將近十年。生活基本安定下來以後，原來喜歡讀書的習慣，便又重新從忙碌的謀生生活中悄悄恢復了。

在這個接近知天命的年齡段，手邊已經沒有勵志的或者有關商業技巧的書，人物傳記或者探險獵奇的書，也顯得分量沒有那麼重要了。有關文學、詩詞和歷史的書越來越多地被放到了我的案頭。而有關中國傳統的經典哲學著作，對我的吸引力越來越大。其中最多的是《易經》、《道德經》、《非攻》、《莊子》、《論語》、《佛教的主要經典》、《傳習錄》……等。還有各地學者對它們的不同注釋和爭論。其中最熱鬧的，是一個半路進入佛門又還俗的名叫董子竹的人，與臺灣國學大師南懷瑾有關《道德經》、《金剛經》所展開的激烈討論。當然也喜歡新約和舊約的合本《聖經》、《古蘭經》。書桌的另一邊書架上，是文藝復興之後，近代現代西方哲學家的若干關於人性規律、社會發展和精神理念的書。這些經典中先哲的論述，常會讓他們的思想像閃電一樣打開我頭腦的某一扇窗，讓我驚異和受益。

有一天，在研究對立統一規律，對立的雙方如何確定同一關係的問題時，我突發奇想：人類古代的許多經典思想文化著作，差不多發生在十分接近的歷史時期。在西元前500年開始後的那個歷史階段，世界各地都湧現出了各自有文字記載之後的第一批「聖人」。再以後，我發現中國漢朝、宋朝、明朝時所對應的歐洲和中東，似乎東西方都在類似的時期內出現新的思想家和新的思想理念。於是我就想，在15世紀的大航海開始之前（中國的航海家鄭和比哥倫布早了八十多年），在東西方沒有資訊連接的社會環境下，是什麼因素導致了不同地域、和文化傳統的民族，會出現相似的文化現象和人文現象呢？東西方相近的文化節點和聖人們所展示的思想文化遺產，有什麼共同點嗎？如果有，形成這種共同點的原因和核心內容又是什麼呢？

帶著這樣的想法，我開始有意對東西方的文化和思想歷史仔細進行相對歷史階段和內在內容的比較。這些比較非常有趣，也非常繁複混雜，糾纏不清。很長一段時間內，這種比較不但沒能解開我思想中的疑惑，反而讓我面對浩瀚的史料和經典著作越來越感到無力、無望。覺得冥冥之中東西方一定有什麼內在的神秘聯繫，從而導致了東西方文化和思想「相對同步」特性。似乎看得見遠處有一線光明，但是面對許許多多不同的概念、不同的論述和不同的邏輯關係，卻又理不出頭緒，一頭霧水般地找不到解決的路徑。

某一天，當我試著把基督教、佛教、印度教、伊斯蘭教和儒教（這裡的儒教是一個代稱。嚴格地說，從宗教的基本要件來看，沒有任何社會組織綱領和組織形式的儒教，應該是一種思想體系或者學說，而不是真正意義上的一種宗教）的基本教義，用清單的方式加以整理和考量的時候，突然發現：這些宗教或者思想體系的核心內容竟然是完全一致的：

印度教	基督教	伊斯蘭教	道教	儒教	佛教	綜合
依梵平等	平等	相等	空無靜處	有教無類	平等	平等
禪定若行	博愛	行善	上善若水	仁愛	慈悲	友善
驅難救苦	正義	正義	道法自然	守天道	業報輪回	正義

各種宗教儘管用詞有所不同，但是基本上可以用平等、友善、正義來歸納這六種宗教的基本教義，它們基本上是一致的！於是在這個基礎上，我又開始考量現當代的主義、理想、觀念，發現無論是資本主義還是共產主義，無論是人間的正教還是邪教，甚至軍閥、惡霸、土匪、犯罪集團……只要是聚集人群的地方，其共同綱領無不以平等、友善、正義做他們的核心經條！這個發現可是非同小可——平等、友善、正義竟然是人類所有共性理念共同的最基礎的概念！

接下來的問題是，在人類有記錄的不同歷史時期、不同地域、不同族群的兩千年時間裡，平等、友善、正義理念是怎樣成為全人類自始至終所追求的最終目標的？很顯然，客觀的條件是千差萬別的。只能在人類的主觀方面尋找內在的人性原因。最後，是在我的人性構架理論中的「人類天然的共性需要」範疇中找到了答案——人們心中共同的平等、友善、正義理念，來自人們生命天然的稟賦。是人類的人性中共性成分的人性基礎。是每一個個體人先天的、內容相近的共同人性訴求。它不需要經過後天的學習、訓練和養成，它自然而然的存在於每一個人的思想深處，與生命同在。

由此我發現，平等、友善、正義理念是比民主自由理念更加古老、更加深刻、更加廣闊到更加無所不及的，真正具有普適意義的價值觀念。它不但超越了人們主觀上不同的宗教、主義和諸多理想，而且超越了客觀世界的不同歷史時期、不同地域和不同的族群。是真正普適於不同歷史地域、人群和文化的，真正的普世價值。相比之下，它的道德高度達到了比包含著「殖民合理、剝削合法」這樣巨大不公平的民主自由普世價值更高的，全人類意義上的更高一層的道德高度。

得到這樣新的哲學理念，讓我感到我曾經的理論格局上了一個臺階，眼前豁然開朗。以前許多百思不得其解的哲學問題，如實體論問題、意識的本質和結構問題、不同思想方法對立統一的問題、不可知論問題，以及無數眾多的社會現實問題……都能在這個更高的概念平臺上順利地得到解決，找到理論自洽的回路。於是，我決定寫一本有關存在、意識、存在於意相交匯的社會哲學關係（與社會學有近似之處的）這樣一本書。並早早給它起好了《生命哲學》這樣一個說起來「過於宏大」的書名。

不知不覺之間20年的華年很快在手指縫中悄悄溜走了。一轉眼就到了自己退休的時間。回頭看看《生命哲學》這本書的寫作，除了零零星星地發表了幾篇節選，其他的絕大部分內容，還躺在十幾萬字的寫作提綱和許多圖形與表格裡沒有最後理順。

回想這忙忙碌碌的20年，似乎做了很多事，又似乎什麼都沒做——在這樣長的一段時間裡，除了做貿易養家之外，我整理出版了自己的十幾本書，有的滿意，有的不太滿意，有的很不滿意；了結處理了我的進出口貿易工作和為中企做投資顧問的工作；2015年，與多位海外華僑朋友一起，組成民間自發自費的義務團隊，用一年多的時間策劃、組織，並執行了由兩岸四地海外華人華僑參加的，橫跨三大洲行程1萬多公里，費時42天的「紀念世界反法西斯戰爭勝利70周年環球行」活動；在2004年到2011年的7年間，作為兩家中資企業在捷克的投資顧問，幫助其順利完成了在捷克共和國投資建廠工作並實現了盈利；世紀初，添置了如今可以靠營租收入，保障一家人退休生活的固定資產；培養孩子讀書、工作，走上了較理想的自食其力的人生道路……儘管說起來，也可以稱作功德圓滿。但是一想起拖延了20年的《生命哲學》寫作，就會覺得自己欠下了久已拖欠的文債，必須努力償還。每每想到這些，就會反省自己許多時候懈怠散漫，虛度光陰。心存悔意。

於是從2015年開始。我下決心放棄了經營了20幾年的國際貿易，堅決要求退出了多個社會組織中正的、副的、名譽的……許多大大小小的社會職務。從此想要放淡名譽和金錢，集中精力進行文學和哲學的思考和創作。計畫先整理以往的寫作成果，結集出版。然後集中精力寫作《生命哲學》。然而2015年的環球行活動，不但耽擱了兩年時間，還因此出了兩本書至今沒有殺青。於是《生命哲學》的寫作就這樣遷延下來，

為了印證自己的理論和思想是否有實踐意義，我需要經常到各種哲學和思想文化的網路空間裡，展示自己的理論，與專家學者進行討論、切磋、砥礪，以便使自己的理論思考更加完善和賦予說服力。這也用掉了很多時間。朋友穆紫荊覺得我用我的哲學理論與他人做的那些討論有收藏意義，就把它們收集起來整理出版，竟然出了厚厚四集、上百萬字。第五集也將於今年年底殺青。

從80年代初我開始學習哲學理論算起，在我心中隱隱存在整理出一套完整哲學理論的想法，經過40年的醞釀和準備，十幾萬字的提綱經歷了大大小小多次修改、調整甚至大動「手術」，也受到社會上各式各樣的打擊、蔑視、讚譽和鼓勵。如今，我終於可以提上日程進行整理和寫作了。經過多年的思考和寫作練習，

終於可以毫無牽掛地做自己喜歡做的事真的很愉快、很幸福。這既是我的理想狀態，又是我20年努力的結果。無論書是不是能寫成、寫成後是不是好看有用，都不重要了，能在這個狀態裡，我已經足夠滿意。

於是，這種寫作將不包含任何國內高調出版、據此成名的功利計算。追求的是個人的興趣和意願所在，還有就是心中的一份哲學理論責任感。到了我如今這個年齡，做自己喜歡的、有意義的事，應該比金錢、名譽、地位更有意思，更加讓人心情愉悅。又或者說，寫作《生命哲學》是我人生的一件歸宿性的工作，是我來到歐洲30年最想做好的一件事，是我的使命。

如今，我覺得離自己的這個理想似乎是越來越近了。

在歐洲行文吟詩

張琴

1994年10月5日，在我期待多年以後，終於踏上飛往西班牙的航班。

冷空氣籠罩著北京首都機場，倍增離家去國和奔向未來悲喜雙重交織的感情，當瑞航（swissair）的班機，緩緩駛出航道騰空而起，我心被揪緊緊的。未來等待我的會是什麼？前途未卜，西歐，這個多麼使人迷戀嚮往的地方——那裡是東西方多元文化滋養的搖籃。

上十個小時的航程，足夠打開遐想思維的空間，放情幻想著被地中海擁抱，它的文化和人民，風情浪漫的人文藝術。憑藉地理課那點知識，以及電視螢幕上的異鄉風情介紹，腦海裡除了模糊的就是支離破碎的印記。夢魘中倫敦的泰晤士TIMES河上巍峨鐵橋，巴黎高聳雲霄的艾菲爾（EIFFEL）鐵塔，羅馬古色昂然圓形的鬥獸場（COLOSSEUM），以及馬德里西班牙廣場上受萬人憑弔的堂吉訶德和桑覺般莎（DON QUIJOTE Y SANCHO PANZA）銅像……，陶醉夢中。突然，擴音器報告已抵達蘇黎士（Zürich）。第一次出國，驚心動魄，茫然穿梭在龐大錯綜的空港燈壁輝煌的大廳，滿佈免稅商店外文招牌，那如過江之鯽的各色人種，使我眼花迷離，是時差？是疲乏？抑或是那異鄉情調的撞擊？使我踟躕莫策之餘，不得不求助一臺灣同胞，他領著我來到伊伯利亞航空公司（iberia）轉機，西班牙首都馬德里即將抵達成為事實。

由於我是商務考察來西，事先就有聯繫，一到馬德里巴拉哈（BARAJA）機場，擔保人等候接機，車駛出機場。夜空下，沿途星星點點的路燈一晃而過，抵達臨時住宿已近淩晨。就這樣，我意外並幸運開始二十六個年頭的異國生活。

初來乍到，人生地不熟，沒有一個親朋好友，那簡直就是兩眼一抹黑，寸步難行。落地馬德里一周以後，我必須另謀生計，從最底層開始。人世間情為何物，糧草先行。去國前，在國內從事新聞記者工作十多年，旅西開始為多家報刊撰稿，而後曾服務於馬德里一家華文報紙。鑒於所見所聞，接觸廣泛，認識了各行業的華僑，並瞭解到他們初期的處境和遭遇。不少同胞腰纏萬貫，或多或少有一個屬於自己的事業，雖然談不上可歌可泣，但每一個人都有一部創業的辛酸史。鮮活的生活素材深深地打動我心，於是乎，那蠢蠢欲動「無冕之王」的誘惑呼我再度出山，在當時算是一個非常不錯的施展平臺。由此，促使我想撰寫一部翔實華人文字的著作，腳跡遍地馬德里大街小巷。

從1997年開始，天天奔波在地鐵，一邊維生擺攤，午休後學習西班牙語，晚間採訪收集資料。2000年，將採訪整理打字成文，突遇菲律賓「蘋果」病毒侵入，倖免書稿在危難中搶救出來。這才得以將在西華人之沿革和近況公諸於世，俾便《地中海的夢》的故事，合成上中下三部出版。

時值兩千年，海外華人在德國柏林舉行活動，感謝這一次機會把我推向世界，與會期間，把紀實文學《地中海的夢》餽贈世界各國華人僑領。後來，此書與世界各國作家一起被美國三大圖書館收藏。在柏林，也認識不少優秀有才華的同胞，從此開始創作之路。

西班牙是一個充滿陽光、沙灘、海水，歷史悠久，堪稱藝術王國的文明國度，世界繪畫大師畢卡索、哥雅，還有世界名著《唐•吉訶德》；最著名的皇馬足球；瘋狂的鬥牛；佛朗明歌舞蹈等，發現新大陸的哥倫布，以及曾風靡不可一世的海上無敵艦隊，都是出自西班牙這塊美麗風情的國土上。她的人民熱情、大度，孩子們有禮貌、尊重父母和他人，因為他們受著良好的教育，在一般情形下都可以上完大學。他們極少知道東方有一個5000年的古老中國，當然也不瞭解我們的人民，但是他們人人都知道中國的功夫。近些年，他們開始慢慢去瞭解神秘的中國，首先從熱衷中國飯菜開始。在近百年的時間裡，伊比利亞半島有二十多萬中國人居住。他們在那裡開餐館和做生意，從此安居樂業下來。西方即使再富有再好，也會有塵埃遮蔽的時候，外來移民只有通過自己的雙手去奮鬥，才會在異國他鄉長久生存下去。剛開始我在西國打工，做家教、擺地攤，開電話公司，直到最後走上創作的路。如果沒有故鄉給以愛的滋養和感恩的心，以及自己的辛勤努力，我是絕對不可能有今天的成績。這個期間，出版紀實文學《地中海的夢》、《異情綺夢》、《浪跡塵寰》等代表著。

「行萬裡路，讀萬卷書」這是每個人成長的寶藏，我這一生中都在旅行，不僅足跡到了大半個中國，又從西班牙到葡萄牙、義大利、德國、法國、梵帝岡、瑞士、奧地利、波蘭、捷克等諸多國家，把所見所聞寫出在海外發表，之後彙集成篇出版了詩集《天籟琴瑟》、《琴心文集》。

2000年之後，幾乎年年遊學世界各國華文文學旅途上，題材的優勢不僅有報導、散文、小說、詩歌、劇本，2018年還製作文獻紀錄片。在美國華文作家媒體人張慈推薦下，獲得中美電影節入圍獎和「小金人」獎。在國際電影人MIGUEL CHANG引薦下，於2002年11月11日在西班牙國家辦公大廈二樓，第二副首相兼經濟部長RODRIGO RATO FIGAREDO的辦公廳，作者晉見了這位掌管四千餘萬西班牙百姓的父母官，圍繞著西班牙經濟文化，以及中西美好關係進行了專題採訪。同一個時期，採訪了西班牙抽象畫派鼻祖曼諾若．曼巴索，還有150年歷史的西班牙作家藝術家協會秘書長何瑟。

寫作——圓夢的人生

倪娜

客居德國一晃快十八年了，介於中西文化之間的碰撞融合，好奇過後從零開始的煎熬，到入鄉隨俗，歷經水土不服、脫胎換骨，可謂艱辛成長過程，自覺地成為中德文化交流傳播的使者，寫作成為通往鄉愁路上的通行證，人生圓夢的追求。

年近40歲剛來德國，往日的成就不再，一切歸零，我如睜大好奇雙眼的孩童，從ABC開始，學德語過語言關，如臨又一次高考勤奮苦讀，一次如意通過國家語言考試。為適應用人單位的需要，參加PC現代辦公和教育工作者職業培訓，後被分到一所德國基督教學校、幼稚園工作兩年，以教育工作者身份輔助老師上課教學，切身體會到德國學校、幼稚園的教育模式，作為國內師範教育本科畢業的學歷，在德國竟然不被承認，從而沒有授課資格的事實，我毅然選擇了離開，到德國最大的中文學校任中文老師，那些年從低至高年級的課程，基本上過了一遍，挺過癮。

時光煮酒，歲月漸稠。受記者職業敏感和工作職責的驅使，再加上對異域歷史、文化以及周邊的人和事充滿強烈的好奇，我產生了強烈的表達欲望，期待讓更多的中國人瞭解、認識真實的歐洲和德國。任課的同時找到第二份職業。

作為《華商報》的記者和呢喃細語專欄的作者，每期報紙至少能找到我的不同署名2篇以上，均是新聞報導和專欄的任務稿，對付日常消費，我知恩滿足於講課費和稿費的同時，也向德國的《歐洲新報》、《歐華導報》、美國的《僑報》、《紅杉林》、《香港文學》、《文綜》等報刊投稿，因德國《華商報》以新聞、紀實、專欄見長，少發散文、詩歌、小說文學副刊作品。

從2011年2月，首次在《歐華導報》上一版頭條位置發表了《面對災難的思考》，同年4月先在《歐洲新報》發表了《由古藤貝格倒下想到的》，後在《華商報》上發表了《外嫁女的酸甜苦辣》，2012年5月在《僑報》發表了《銀髮族的獨身生活》，從此一發不可收。我像個拾夢者，把海外旅居生活、一路走來的經歷和感受，以及異鄉見聞分享給中文讀者。如穿行在東西方路上的燕子，我在回家的路上不知疲倦呢喃不止，搭就一條中德文化傳播之橋，成為中德文化交流的使者，因此我給自己起個筆名為「呢喃」或「海外呢喃」。

2014年我被德國文化促進會聘為《德華世界報》全職主編，老闆是一位德國文化商人，不懂新聞辦報業務，他主管廣告經營，我負責報紙版面、人員編採，有了固定收入後，專心辦報正合我意，同年離開《華商報》和華德中文學校，2012年起我先後成為德國記者協會的記者、柏林電影節特約記者、加入加拿大的國際記者協會，並當選國際記者協會副秘書長、常任理事。從2011年2月至2020年先後在德國《華商報》發表160篇、《歐華導報》85篇、《歐洲新報》24篇，以及待統計的《歐洲時報》、《人民日報－海外版》、《僑報》、《先驅報》等。

《德華世界報》於2013年正式發行，其編輯記者大都來自柏林各大院校的學生、自由撰稿人、文學愛好者，沒有受過新聞從業者嚴格訓練，來稿沒有新聞性，缺乏採訪寫作經驗，一篇稿子從標題改到尾，真正能派上用場的稿子微乎其微，等米下鍋的同時也鍛煉了我，這時方體會到做好一個總編的千辛萬苦，多虧以前在國內大報做過記者、編輯，多年摸爬滾打練就的鐵打功夫均派上用場。在人手短缺的時候，從一版的社論到新聞綜述、熱點分析，到紀實、文學副刊的詩歌、隨筆的撰寫、編版，直至廣告詞的推敲、提煉，經常一期報紙出報前與美編通宵達旦，但看到自己辛勞的成果變成鉛字，那份興奮和欣慰無以言表，兒時記憶歷歷在目，躍然紙上。

六十年代初，高中老師的父親給剛降生的孩子起名，緣於俄羅斯偉大文豪托爾斯泰的代表著《安娜・卡列尼娜》，最後兩字「尼娜」為「倪娜」，想必當年文青的父親潛意識暗示女兒從文的意願。書籍是我少女時愛不釋手的寶貝，開始青睞朦朧自由體詩歌，稍後對精美散文情有獨鍾，其實最愛經典小說，那時最大的願望就是長大以後成為一名詩人、作家。

師承父業，師範畢業後，原本該進學校當老師，卻意外到省直機關搞起職工教育，好在與老師沾邊，有大塊時間面對松花江水發呆，工作之餘詩意洶湧，我的處女作詩歌《綠色底片》於1988年5月9日刊登在市日報副刊版，接下來散文、隨筆、通訊紛至遝來，因文筆好被調入黨委宣傳部，後提拔部門負責人，對內組織全域的黨員幹部學習，對外負責宣傳報導，沒有學過新聞專業的我，卻被市報社看好厚愛扶植，同年加入市作家協會，成為作協最年輕的會員。

為實現人生美好願望，一個科級幹部，從跑政協的小記者幹起，被調入市政協報社，後到版面編輯、記者部主任、編輯部主任，就在報審副總編的時候，1998年秋季，我勇敢下海北漂，通過聘用考試，竟然撞進了國務院發展研究中心下屬的一家報社，成為當時中國熱門經濟大報的一名記者。

當孩子接到北京上學，父母姐妹在北京團聚以後，在北京有了自己的房子，一切安穩，日子越過越好的時候，一次以記者身份隨國家部委團，出訪歐洲八國的日子，偶然結識一位有趣而英俊的德國紳士，經不住鴻雁傳情，萬里北京求婚，多年獨自撫養兒子，一直是單身母親的我，被愛情感動得落淚，於是不再猶豫，帶著兒子一起飄洋過海。

從家鄉到異鄉人生幾度從零起步，奔波輾轉，以讀書、碼字為生，文字雖沒帶給我物質財富，但是精神的充實愉悅，亦是無憾的人生。當我辦了退休養老手續，享受養老金待遇的時候，兒子亦長大成人，入職聯邦德國公務員隊伍，作為母親驕傲、知足感恩的同時，就此放慢打拼生活的節奏，過起健身、養老的休閒慢生活，靈感來了擋不住，吟詩樂不歸蜀，寫作不亦樂乎，歲月靜好，拾回兒時的夢想，桃花源裡耕耘不輟，品味初心寫作帶來的成果。

長篇小說《一步之遙》——一個德國女記者講述的故事，以此詮釋中德文化的差異和不同。《一步之遙》記錄了改革開放以後，走出國門的海外華人的生存狀態。故事的女主角——羽然在改革開放的大背景下，個人命運發生了令人難以想像的變化，為了家庭團聚移民德國，開始了異鄉漂泊生活，筆下人物的中德愛情同樣經歷了酸甜苦辣鹹的考驗。

湖南師範大學博士生導師趙樹勤教授評價《一步之遙》：「一曲華人女性抗爭歌、一部德國民俗風情錄，講述了中國女人羽然與她的德國丈夫阿雷克斯的中德婚姻故事，力求探尋中西文化碰撞下的女性意識，提倡女性的堅韌與包容。普通讀者能瞭解海外女性抗爭成長的過程，洞悉德國豐富多彩的民俗風情，海外華人也能從中得到一些啟示，更好地融入當地國的主流社會，這是《一步之遙》作為一部成功的文學作品所具有的社會功能。」

史鐵生說過：「活著不是為了寫作，而寫作是為了活著。」是我極為讚賞的人生信條，來德以後，我先是德國《華商報》記者，後為《德華世界報》的主編、柏林國際電影節記者、法國世界新聞網國際記者、撰稿人。期間先後加入歐洲華文作家協會、世界華文文學交流協會，擔任美國文心社德國分社副社長、國際中國記者聯合會副秘書長、常任理事、柏林婦女聯誼會副會長等多職，一路走來，一肩多挑，熱心服務華人僑團，有汗水有眼淚，有啟發有反思。探討寫什麼，如何寫，一直是我思考的問題，要做的功課。

一邊編報、一邊采寫，我的小說集《一步之遙》先後在德國《華商報》和《德華世界報》上連載，經多次整改修訂集篇成冊，2017年1月在美國紐約商務出版社出版。講好中國故事，傳播好中國聲音，為海外華文寫作者的使命和擔當。回顧在德國這些年的寫作，全球視野，人類關懷，詮釋中德文化的不同是我作品的主旋律。甘願做一名中德文化交流的使者，為搭建中德文化之橋添磚加瓦。

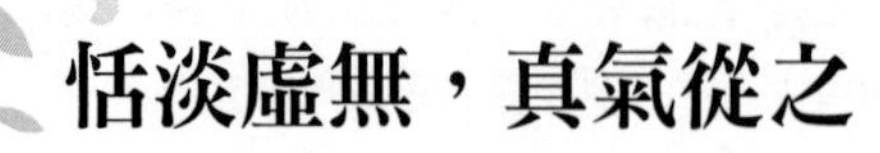

恬淡虛無，真氣從之

常暉

勝梅姐來了兩次短信，約我就歐華作協三十周年紀念文集的徵文，寫一篇主題為「在歐洲的打拼」的文章。我猶豫了一陣子，感覺無從下筆，因為驀然回首，歲月竟在燈火闌珊處，蕩然無存，毫無打拼的痕跡。存下的，唯有我的人生態度：「恬淡虛無，真氣從之。精神內守，病安何來」。

這是句《黃帝內經》裡的話，很妥貼地伴我走過一個個春秋。自知在俗世不善打拼，為人處事不懂迂迴曲折，易流於直抒胸臆，也就安於修身養性，不去名利場掙扎了。或許我未得「恬淡虛無，精神內守」的全部內核，但自己在歐洲最愛做的事，莫過於讀書、寫作、講課、聽音樂、喝茶，時而三兩好友小聚，來個暢飲，閒雲野鶴般，自得其樂。

古語「安貧樂道」，是有講究的。若把人的存在分為生理、心理和精神三個層次，那麼「身、心、靈」是個梯狀結構，也是個互動機制。飢腸轆轆，會影響身心，精神或萎靡不振；但錦衣玉食，亦或悵然若失。每日盛宴者，或昏沈嗜睡，或胡言亂語，或盛氣淩人，或利令智昏，精神難以內守，心的花園荒蕪一片，靈魂深處並無真快樂。反之，有人粗茶淡飯，卻樂在其中。子曰：「一簞食，一瓢飲，在陋巷，人不堪其憂，回也不改其樂。」顏回的這種情狀，我有默契。

然而既在此世生活，有些事註定身不由已，比如學習工作，比如結婚養子，比如柴米油鹽，比如生活來源。我在其中的沈浮，不算經典案例，只是個人軌跡。

回望人生路，我最難忘的城市有三座，即南京、波士頓、維也納。1984年至1993年，我在南京大學讀完英文語言本科和英美文學研究生，應邀留校任教。那是天真爛漫、自由無拘的荳蔻華年，無論做學問，還是教書育人，都心無旁騖，美好如斯。那些歲月，是真正做好自我的日子。吃住行都在校園，空氣裡迷散著四季的芬芳，充盈著知識的力量。

在南京大學，我的第一本書問世了。厚厚的《從彼得堡到斯德哥爾摩》，內收大量1987年獲諾貝爾　的約瑟夫·布洛斯基的詩歌和散文（散文譯者：王希蘇）。灕江出版社派法語系的許鈞教授來辦公室找我，他問我：「常暉在嗎？」，我說我就是，他瞪大眼睛看著我：「你就是？不會吧！我以為是個老人，沒想到是個二十幾歲的年輕人！」約瑟夫·布洛斯基的詩歌，飽含流亡者的沈重心思，充滿對古今人事的深厚剖析，理性、抽象，隱喻不斷。許教授不認為此乃我這個「丫頭片子」能夠對付的。很多年後，當其他出版社也陸續有了布洛斯基譯作時，詩譯界依舊有言：「讀布洛斯基的詩歌，還是看常暉的譯本！」這話讓我深感謙卑。

那時，我似乎成了翻譯界的一顆新星。出版社發來很多稿子，包括英國浪漫派詩人雪萊和濟慈的作品，希望舊作新譯。然而，正是這個時刻，命運推了我一下，我的人生箭頭，便突然指向了遙遠的地方。原本可以因學術交流，作為「訪問學者」赴美，但我的新婚老公在美國呼喚著，盼我直接前往團聚，不管學校如何計畫。

就這樣，被愛情牽著鼻子的我，離開了南大伊甸園，飄洋過海，開始了遊子的生活。這一去，30載轉瞬即逝；這一去，昔日不再輝煌；這一去，維也納成了第二家園。

回想在美國波士頓的日子，並沒有離開學術界。那些在哈佛大學校園裡的活動，與南大來訪同事們的聚會，在MIT認識的新朋友…查爾斯河兩岸，隨處可見中國的知識精英，其中不乏與我切磋文字、共話古今的好友。旅居新英格蘭的三度春秋，我雖然沒有繼續翻譯大業，但依舊徜徉在書香的海洋，文學的天堂。

到了維也納，才首次有了離開校園的感覺，替之以實實在在的移民生活。應該說，這個充滿音樂文化氣息的優雅之都，對於熱愛歐洲古典音樂的我，是塊巨大的磁鐵，很快俘獲了我的心。然而，一種不可思議的衝擊也很快襲來。這種衝擊，我在美國無知無覺。那時，我出入於大學人群，沒有接觸過高知圈外的赴美移民，不接地氣。到了維也納，遇到的華人華僑，聽到的相關故事，令我醍醐灌頂般，踏出書屋，直面僑胞在海外的真實圖景。發生在他們身上的辛酸苦辣、悲歡離合，其間該有多少數不盡頁數的苦帳。

我開始動筆撰寫第二本書，其主線基於令人潸然淚下的真實故事。這部小說原名《陌鄉記》，北京群眾出版社將之改為《情愛簽證》，大約是出於市場考慮。這本書曾與其他名作一起，在海內外銷售。如今網上或許還有，但正規管道早已脫銷。讀完此書的一位大姐說，讓我告訴你，還有比這樣的遭遇更慘烈的故事。我記得自己聽完她講的故事，默默地流了一回淚。

流完淚，我繼續生活，卻多了層思考，即我能做些什麼？除了相夫教子，除了自我修養，我還能做些什麼？我開始撰文勵志，也開始影響我認識的人，以微薄之力，樹立華人華僑在居住國的正面形象。我加入了維也納市政府移民局的講師團隊，幫助新來的中國移民瞭解當地人文地志，鼓勵他們學習德語，儘快塵埃落定，在新的家園入鄉隨俗，快樂生活。此外，我通過認識的當地人士，借助報刊、網站、語音和視頻等媒體平臺，向他們展示東方文化的魅力。

江蘇文藝出版社出版了我的第三本書《難捨維也納》。這是本文集，內存我的歐洲文藝評論和歐洲心態解讀。這本書算個分水嶺，是我走出悲情文學，融入第二家園的一個象徵。幾年後，光明日報出版社出版了我的第四本書《薩克森攝影文集》（攝影：逄小威），更是我全方位解讀歐洲文化的一個標記。

很快，我應邀成為南京《譯林》和香港《東方財經》的專欄作家。前者寫歐洲人文，後者寫國際觀察。這些年，這兩個平臺是我不可或缺的文字沙場。

微言大義，悲天憫人，是寫作者的文字力量。但此世的爾虞我詐，江湖的陰險毒辣，人間的悲涼絕望，非普通百姓能夠對付，也非蒼白文字可以改變。於是，當歲月的滄桑爬上額頭，當詩人紀伯倫的《孩子》一語成籤，我更多地回歸了自己，淡泊心志，在精神的花園裡，以良知耕耘一塊清淨地，施肥、澆水、育苗，讓天地多一份心的綠野，靈的晴空。

陽明先生說，心即理。入世的他，有著出世的心態。這個文武雙全的明朝大聖人，也是文人騷客們的典範。佛祖菩提悟道後說，「一切眾生，皆有佛性」，陽明龍場悟道後說：「聖人之道，吾性自足。」以筆為器者，不如效仿也。自從加入歐華作協，在德國柏林和南法里昂，與文友們相聚甚歡，志同道合者暢聊亦酣，實乃人生幸運美事！恰逢作協三十年慶，可喜可賀，藉此小文，與各位文友共祝！祝作協未來更美好，盼人間未來更智慧，願世界未來更和平！

瑞士留學記

黃正平

1990年12月的一天，我在北京搭上穿越西伯利亞的火車，分別在莫斯科、基輔、華沙、柏林換車，用了8天時間到達日內瓦，開始了我的瑞士生涯。

此行的最初目的是想進修一下比較文學，可能的話，再拿一個文憑。我原來是在華東師大中文專業讀的本科，畢業後到上海大學文學院中文系擔任比較文學助教。拿到這個職位主要依靠的就是這個本科文憑，但把它拿到國外去作為進修或者攻讀學位的基礎行不行呢？我心裡沒把握，但對自己說，還是先試了再說。

出行前我曾與瑞士洛桑大學的比較文學教授巴克曼有過一些簡單的交流，有一次寫信時，我向他提出前來進修的想法，並附上在國內大學文憑的翻譯件，巴克曼回信表示歡迎，同時告訴我學校錄取學生要由大學有關部門來處理，需要與那裡直接聯繫。

於是我發信給洛桑大學註冊辦公室，一來二往，又按照要求把所有資料寄了過去，其中當然包括文憑的公證件和各門課程的成績單。一段時間後，我收到了大學正式回復，大意是根據我已取得的學歷，有資格進入該校文學院學習，但前提條件是要通過該大學現代法語學院的法語考試；而進入文學院後能在什麼級別的班級學習，需要由一個學校專門的學歷認可委員會來認證，那也要等到語言考試過關後才能進行。也就是說，當我跨出國門時，我原來的本科文憑能被認可到什麼程度還是個未知數。

這樣，我懷著忐忑不安的心情踏上了萬里征途。一年半後，經過所謂的「艱苦奮鬥」，我總算通過了現代法語學院的法語考試，取得了結業證書，可以進入文學院學習了。這時我馬上把所有材料寄給洛桑大學的學歷認可委員會，請他們作出相關的認證。

在這期間我打聽了有關學歷認可的情況，很多人說，在國內得到華東師大這樣大學的本科文憑的，這裡一般給予80—90%的認可，然後再補上這10—20%的學分，也就是半年一年的時間，就可達到瑞士當地的本科程度。而瑞士的文科本科當時是4年制，畢業後相當於別的歐洲國家的碩士（其它歐洲國家的本科是3年制），可以直接報讀博士學位。

一個月後，學歷認可委員會回信了，內容很簡單：「經認真研究，您的學歷雖然允許您能直接進入文學院學習。但您原來的本科科目沒有得到本委員會的任何認可，因此您需要從本學院本科一年級開始你的學業。請接收我們的崇高敬意。」我一下子懵了：怎麼會這樣？這個不認可對我來說是個難以承受的打擊，因為它意味著自己至少要4年後才能拿到當地的本科文憑，這對我這個即將步入不惑之年的人來說是不可想像的。

怎麼辦？當時第一想法是打道回府，我對自己說，把這次出國就當一次旅遊或者學了門外語，也不算冤枉。

過了幾天，我在學校圖書館遇到巴克曼教授，他問我入校的事如何了，我便把情況跟他說了一下。他愣了半晌，顯然也沒想到事情會這樣。最後跟我說，學校作出的決定，他也不好干涉，如今之計，他建議去日內瓦大學試試，因為瑞士每個州都是自治的，在教育上各行其是；日內瓦大學也有比較文學專業，也許他們的做法與洛桑大學不同。我點頭稱是，表示可以考慮，並向他道謝。

我嘴上說著，心裡卻犯嘀咕，因為日內瓦大學的文科是瑞士各大學中最強的，它在歷史上形成的日內瓦學派在國際學術界很有影響，在排名上也遠在洛桑大學之前。現在連後者都不認可我，前者就更不用談了。

巴克曼教授又給我寫了個字條，讓我去找日內瓦大學文學院比較文學教授畢來德。見他如此熱心，我不由感動，心想如果不去試一試，還對不起巴克曼教授了。於是回去整理了材料寄往日內瓦大學，同時另外寫了封信給畢來德教授。當時心裡想的卻是：死馬就當活馬醫吧。

幾周後，我接到一個電話，是畢來德教授打來的，他約我去學校談一下。到了那裡，教授告訴我，學校已把我的材料轉給他，讓他提出一個學歷認可的意見，然後再由學校作出決定，為此他需要跟我聊一聊，瞭解更多一些情況，以便提出意見。

又過了幾周，日內瓦大學來信了，內容也很簡單：「您的學歷和所學科目已得到基本認可，不過還需要補充以下課程：……具體安排請與畢來德教授聯繫。」我一下子又找不到北了，這次自然是因為高興，沒想到事情會遇到這麼大的轉機。

使我一直感到好奇的是，為什麼兩所大學在學歷認可上會有如此大的差別？後來我才瞭解到，我們的華師大本科課程基本都是關於中國文學的，洛桑大學文學院在這方面沒有任何經驗，因此無法予以認可，屬於不匹配；而日內瓦大學文學院有個漢語系，在這方面進行認可順理成章。

正當我重整信心，準備踏上新的征程時，又出現了意想不到的事：洛桑所在的州移民局給我發函，拒絕了我延長居留的申請，理由是我在瑞士已經取得了某個畢業文憑，留學的目的已經達到，不能再延續在瑞士的居住。

瑞士是個小國家，人口八百萬，地域四萬平方公里，無法滿足所有的移民要求，這是可以理解的，許多讀完博士、博士後的外國學生畢業後都無法定居下來。但是我僅僅拿了個語言的畢業證書，就要被請出去，這使我感到難以接受。雖然我馬上要搬去日內瓦州了，但如果拿著一個被拒續簽的居留去那裡的移民局報到，恐怕沒有好果子吃。

移民局的信最後注明，如不服本決定，可以到當地行政法院上訴。話雖如此，但對於我一個在國內從未踏進過法院門的人來說，去上訴打官司卻是勉為其難的。

這時我想起在現代法語學院認識的一位來自波蘭比我高一班的同學，她後來進入洛桑大學醫學院讀博士，應該說和我有相似的經歷，何不向她瞭解一下情況？於是找到她，一問，她告訴我她當時也是和我一樣收到過州移民局的拒簽函，後來打了官司並且勝訴，才得以繼續學業。她反復叮囑我，此事必須要找律師代理，光靠自己官司非輸不可。她還把她當時請的律師介紹給了我，說此人在這方面特有經驗。

我決定照計而行。先是找到了那位律師。律師聽了我的情況，點頭表示可以接受我的「案子」，讓我簽署了委託書。然後給我開出了一個單子，上面羅列了一長串需要我提供的檔，包括所有文憑的公證件，在國內任教學校的證明，甚至還要學業結束後回國後能繼續任教的單位保證等等。望著這張單子，我終於明白了有沒有律師的區別：自己申訴的話哪能考慮得如此面面俱到？不過，一個星期後，當我收到律師第一張數目不菲的帳單時，也感受到了為什麼有人寧可輸掉官司也不願請律師的心情。

幾個月過去了，法院經過幾次對雙方的聆訊，終於給我發出了判決。我打開法院來函，那是寫得滿滿的三頁紙，我沒心思細看，直接跳到最後的判決部分，只見上面這麼寫著：「鑒於以上所述，法院決定駁回我的上訴，維持移民局的決定。」

我一看，大驚失色，趕忙找到律師。律師也已收到法院內容相同的判決，見我著急的樣子，哈哈一笑，說那是對我完全有利的判決，它表現在判決前面分析的內容裡面。這時我才仔細看了法院來函的全文，它的主要意思是，鑒於我的經歷和各種情況，法院認可我繼續學業的權利，但既然我已去日內瓦大學學習，已經無權在洛桑居住，所以必須拒絕我的居留延長申請。律師告訴我：「承認繼續學習的權利是主要的，你拿著這個判決去日內瓦州移民局申請，肯定會被接受。」根據律師的說法，瑞士各個州雖然各自為政，但相互之間在司法執行上是很配合的，一個州不會輕易推翻另一個州的司法意見。我將信將疑，懷著忐忑不安的心情去日內瓦提交了申請。果不其然，日內瓦移民局很快給我發了居住證。這樣，我終於能安心在日內瓦學習了。

光陰荏苒，又過了一年有零，我在日內瓦大學完成了學校要求補充的本科課程，博士論文的提綱也提交給了教授，得到認可。從此開始了長達5年的博士學位攻讀，其中的酸甜苦辣又是另一番滋味，不過最後終於拿到了文學博士的學位，並在當地出版了論文。如今回想起這一切，總不禁要感慨人生之路山重水複的艱難和柳暗花明的愉悅。

在德國的寫作之路

恩麗

自從來到文明的國度德國後，似乎還沒有學習到太多的文明，反而得了不少的文明病，如春天裡「花粉症」，冬天裡的憂鬱症。

「花粉症」且不說它在漫長德國冬天之後，當人們在享受陽光之時，當春光明媚千樹萬樹梨花開時，我不能享受，卻還鼻子眼淚一大把，噴嚏連天，到了晚上還咳嗽。

其實，這一切也許還可以忍受，畢竟已經有陽光了，對於德國冬天裡沒有陽光而產生的憂鬱症，確實是我要度過的一大難關。

在德國，冬天裡幾乎有三個月的時間是早上9點天才亮，到了下午4點天又黑了。就在這個並不長的白天時光裡，還是常常陰雨連連，你簡直就是看不見天，就不要再說見到太陽了。什麼叫做暗無天日？這就叫做暗無天日！

所以，一到了冬天，就像有一個蓋子罩在我的頭上，鬱悶寡歡，做什麼都提不起興趣。特別是到了下午4、5點之間，你說晚了它還不是晚上，你說它不晚，可是它的天已經黑了。這個時候既不可以睡午覺也不可以睡晚覺，吃晚飯也太早了。

唉！這個時候我就會變的無所事事無所適從。不知道做什麼是好？這樣的時候我常常站在落地窗前，看著外面，感覺不到一絲生的氣息，這一刻我根本不知道自己是死還是活！在這陰霾的日子裡，黑暗將我吞噬了。

家裡不知道有多少個蠟燭台和蠟燭罐，我把家裡每個角落裡都放上它，在這至暗時刻點上蠟燭，想用燭光驅趕黑暗，讓光明照亮那顆黯淡的心，換回對生命的熱情。

我對黑暗的恐懼，源於我對死亡的理解。在我很小的時候，曾經莫名地對死亡產生過聯想，那時對死亡的理解是，死了就是閉上了眼睛，閉上了眼睛那就是黑暗，死了之後就埋進了土裡，而土底下也是黑暗的，而且是永遠的黑暗。

科學已經證明，日照不足會造成憂鬱，而陽光的照射會使人體分泌出快樂的激素。

我不知道我的憂鬱是從什麼時候開始的，也許從家鄉帶來的太陽能量，在缺少太陽的德國慢慢的遺失殆盡。也許是我身體內的荷爾蒙不夠穩定平衡？誰也不知道，去醫生那裡檢查，也沒有查出身體機能有什麼毛病。

倒是在一次理療時，我和理療師聊了起來，那個女理療師告訴我：憂鬱症有幾種可能，一是生活中有了什麼突然變故，這個變故是你不能承受的，你會憂鬱。第二是現代生活太忙碌，你在這個忙碌中忘記了你自己，你也會憂鬱。還有就是懷念故鄉也會使人憂鬱，你是外國人，也許你丟失了你故鄉的什麼東西？

她的話喚醒了我，我在忙碌中忘了我自己了嗎？我丟失我故鄉的什麼東西了嗎？是的！我在忙碌中忘了我自己，我在忙碌中丟失了我故鄉的東西！

我故鄉的東西——我的語言、我的文字、我的愛好、我的夢。現在都沒有了，我們不可以說自己的話，我們沒有自己文字的書可以讀，我們忙著生存，我們忙著適應，我們連讀寫自己文字的時間也沒有了。

我想：這就是我丟失的東西！同時我知道：我要把丟失的再找回來。怎麼找？家鄉是那麼遙遠，這裡又有了家和孩子，怎麼取捨？

好在現在是網路時代，我們可以在網路裡找回一切。可是，那時網路對於我來說，還是很陌生的。我對電腦的知識是零，打字也要從零開始。

不過沒關係，只要用心就能做到。先從寫信發郵件開始，慢慢的我想開一個博客，可是不知道從何下手，不知道怎麼開戶、怎麼登錄、怎麼發博。望博興嘆。

2011年，我開了所中文學校，吸引了不少年輕的精英媽媽們。她們對電腦精通，我請她們教我如何開博、如何發博、如何發圖。什麼都一步步的記錄下來，以便她們一走我又忘記了，就是這樣，我的第一個博客還是給搞丟了。

後來我又重新開了博客，博客的名字叫《老來天真》，這一寫就寫到了今天。當我有了第一個讀者，當我看到第一個留評時，我就愈發不可收拾了。

我寫我的所見和所思，我寫女兒的成長點滴，我寫中德教育之比較，突然間，我發現我的生活中有那麼多值得可寫的題材，我的靈感也不斷的湧現出來，我在走路做家務時都在構思著我的博文。我在這裡忙得不亦樂乎，我是那樣地樂此不疲。

寫博後我已經不再注意外面的天黑不黑了，我已經沒有功夫憂鬱了。我在我自己的語言文化裡遨遊，我在追逐著我的夢，我在這裡找到了我自己，我的靈魂已不再遊離。

我讓女兒看到了一個快樂而又滿足的媽媽！

當我的博客得到第一次推薦時，我簡直都不敢相信，茫茫博海，「管理員」是怎麼找到我的？我這個不起眼的博文還值得推薦？這使我信心大增，我開始留意和經營我的博客，以前只是埋頭寫博，現在也要抬頭去看看其他博友們的博客，向博友們學習，以前只是簡單地寫，沒有色彩沒有圖，後來也學著把博客打理的圖文並茂，這以後我就有更多的博文被推薦。

博文越得到推薦我越對自己有信心，我在博客上不但寫見聞，也寫散文，報告文學、小說連載，我在博客裡繼續追逐我的文學夢。

說到我的文學夢，我曾經想像王蒙一樣，十七歲就能寫出自己的《青春萬歲》，所以，我的年少懷春，懷的是文學的春，我和所有有文學夢的同齡人一樣，患有年齡病——文學，我一心只想追逐我的文學夢，我在那個年齡的時候寫過各種題材的稿子，也投稿到當時的各種報刊雜誌，至今我已經想不起來，我都投給了些什麼報刊雜誌，不過，有兩件事我還能記得，一是曾經寫過一個京劇劇本，投稿給了一個劇本雜誌，那個時候還有退稿，我還得到一個編輯的手寫退稿信，還有記得最清楚的一次，是我以表弟為原型寫的一篇短篇小說《歎息的表弟》，依稀還記得是投給了當時南京的《青春》雜誌，這篇曾經點燃過我的希望，因為，那封信不是退稿信，而是要求我按編輯要求修改小說，我按要求修改了，又寄回給了那位編輯，可是，後來就石沉大海了。

這次我在博客裡追逐我的文學夢，我繼續在文學的海洋裡遨游。突然，有一天，德國華商報總編在博客中留言，要把我寫的連載小說《永遠的漂泊》在他的報紙上連載，我喜出望外，覺得我離我的文學夢越來越近了，小說在華商報上連載後，得到了很多的肯定，我愈戰愈勇，連續又寫了第二篇小說《文秀的愛情》連載，最後，華商報總編又為我開了專欄《文化之旅》。

2017年，在布拉格文藝書局出版了我的第一本散文小說集《永遠的漂泊》。參與編輯與合集《走近德國》（美國紐約出版社）。

今天我再回首，如果，不來到德國，如果，德國沒有這樣黑暗的冬天，如果，不是在憂鬱的冬天裡掙扎，一直在陽光下忙碌追求，能實現我的文學夢嗎？

我的文學夢還在追逐，將窮我的一生追逐下去，直到生命的終結。

平凡中的收獲

區曼玲

在開始寫這篇文章之前，沒有真正思考過這些年在歐洲生活的體驗。歐華作協的這篇邀稿，讓我靜下心來，回憶旅德將近三十年的點點滴滴，內心充滿感恩。

當年，我還是個大學畢業不久，涉世未深，對世界充滿好奇的小女生。提著一只簡單的行李，帶著一張大學暫時的入學許可，三個月的臨時簽證，一張單程機票，便告別家人朋友，隻身飛到九千多公里外的德國。

雖然德語說不了幾句，但是一切也順順當當。先是有在尼泊爾自助旅行時，萍水相逢的德籍友人去接機，招待我在她家住幾天；後又經她的介紹，轉到她前男友的住處，因為那位前男友「剛好」住在我將去報到的大學附近！一路上，走路、坐車都有男士主動幫忙提行李，讓我這位台灣女孩受寵若驚。

學習語言、考試、拿學位，一切順風順水。在碩士即將畢業之前，也把結婚、生子等人生大事解決了。帶著兩個可愛的混血娃兒，我甘心樂意在家當個全職家庭主婦。

然後，真正的試煉才展開。

從一個自由自在的單身貴族，變成攜家帶眷、瞻前顧後、責任義務纏身的主婦；從一個遠離庖廚、菜刀不曾上手的「大小姐」，變成洗衣拖地煮飯、陪孩子唱歌玩耍勞作樣樣來的「萬能」媽媽。學習開源節流，用不多的經費支持丈夫的理想、維持一家的生計。

當然，這些轉變，是不少少女轉少婦的經驗。但是人在國外，少了親人的相伴與支持，還得面對異國的不同文化、政治體系、運作方式，挑戰與難度自然相對地比留在國內大。我處理事情的「肌肉」就這麼一點一滴被訓練出來：與修車廠接洽、報稅、簽訂各項保險、回覆律師的來信、向醫生提問、與建商溝通、比價......。研究艱澀冗長，連德國人自己都望文興嘆、避之惟恐不及的官式德文。學會放下身段，不懂的就問。臉皮變厚了，知識與技能卻也長進了。

父親說我的思考模式、行為舉止，完全變成了德國人。他有所不知，我不是「變成」德國人，只是「長大」了；不再是他熟悉的依賴小孩，而是可以獨當一面的成年人。

除了隨著年紀增長、身分轉換而必須擔當的責任與學習的功課之外，在德國這些年，生命的轉捩點是成為了基督徒。認識創造天地萬物的上帝，明白真理、釐清許多迷思。知道自己不僅能力有限，所知也有限；許多危險，祂幫我擋去；許多機會，祂幫我敞開。

我還記得，多年前，當孩子還小時，好不容易哄他們入睡，自己拖著一身的疲憊，坐在沙發上喘息。突然，內心升起四個願望：研讀聖經、繼續寫作、使用英語、彈奏樂器。

這四個願望，上帝皆用奇妙的方式幫我一一實現。祂先帶領我去「英語」的「查經班」，然後再賜下靈感與機會，讓我記錄孩子成長的點點滴滴，並得到刊登的機會，繼而走上寫作的道路。幾年後，因為陪伴女兒學琴，自己突然開竅，學琴的速度突飛猛進！

驀然回首，發現上帝利用我的四個願望，以及生活瑣事的歷練來裝備我，為我日後再度入社會鋪路。就在孩子漸漸長大，不再時時刻刻需要我時，我得以運用多種語言的專才，在博物館當建築與設計的導覽員。後又因為這份導覽的工作，被「賞識」推薦到郵輪公司帶團。我也在工作中，發現自己意想不到的才能。生活，不是一灘單調無趣的死水，而是充滿挑戰、學習新知的過程，不斷向前邁進！

離開台灣將近三十年，沒有什麼成就好誇口。要說最深刻的體會，是自己的不足。而最大的喜樂與收獲，是認識耶穌。知道祂愛我、視我如眼中的瞳人。所以，困難時，我學著交託；逆境中，學會信靠。

現在我才明白：二十多年前進入海關、登上飛機，便真正離家了。那時的我並不知情，否則，踏出去的步履不會那麼堅定！不過，距離有血緣的親人雖然萬里遠，但是天上的阿爸卻時時在我身邊。祂將我放在這個位置，與其說是我在歐洲「打拚」，不如說是在異國成長、學習。所有的甘苦、挑戰、喜樂、悲傷，處處有祂保護的恩典，與帶領的痕跡。

談琴說愛

于采薇

我個性頑固，不懂妥協，所以高中轉學，大學也轉學。

出了國，更別提了，美國，德國轉了兩次。我的工作，倒是滿意，是導遊，幾乎，如所有工作一樣，有沉，有浮。

小時候，在臺灣上音樂課時，是沒有鋼琴伴奏的，那還是戒嚴時代，學校哪有錢買鋼琴。教室，不漏雨就不錯了。

我們老師拿著簡譜，「do re mi fa sol la ci do」，老師唱一句，我們就跟著唱一句，「哥哥爸爸真偉大，名譽照我家，為國去打仗，當兵笑哈哈……」

我問老師，為什麼殺人還會笑，被他罵了一頓，我就閉嘴了。

初中時，同班同學，約我一起去她表姐家玩。在她家裏，居然看到了一架又黑又亮的大鋼琴。她表姐手指如飛的，在鍵盤上滑來滑來去，她的披肩長髮，也飄來飄去，像瓊瑤小說的女主人公。讓我看了目瞪口呆，又是嫉妒，又是羨慕。

晚上，我輾轉不眠，發誓我以後一定要做大官，做了大官，才可以賺大錢，也買一架又黑又亮的大鋼琴。

長大以後，我的無數童年美夢，一個個沒實現，當然，我大官沒做成，大錢也更沒賺到。

聽說德國念書不要錢，拿到入學許可，就糊裡糊塗地來到了柏林。

日子就在打工、大學中，一年又一年地過去了，我不知道，為什麼要在這裏。我更不知道，為什麼不要在這裏。

在我大學附近，有一家樂器店，每次經過，都看到裏面的各種樂器，也有鋼琴，因為沒錢買，當然，也不敢進去。

店舖前有一片大玻璃，也可當鏡子用，所以，我每次經過，就看看自己的衣服，梳梳自己的頭髮，又轉個身，自得其樂一番。

一天，突然下大雨，我剛好在路上，就躲在那店的屋簷底下避雨。突然開始下冰雹。嚇得我叫天無地，叫地無門。這時，樂器店的門打開了。一位年輕人，請我進去，並端了一杯咖啡給我。他笑嘻嘻地伸出手說：「我是和曼（Herman）。」

我觀察過你，你每次經過我們的店，一定要照鏡子。他自我介紹，他是心理系的學生，來這樂器店打工，因為小時候，拜師學過小提琴，也自學了鋼琴。

想不到，他與我是同校。

那杯好濃好香的咖啡，使我那根呆呆的舌頭，突然變的靈活了。我情不自禁，把我同班德國人的驕傲、冷漠，罵了個臭頭。他只是點頭微笑而已。

三年後，他向我求婚時，我想到了德國的成語「會彈鋼琴的人，不會變壞。」所以，他很幸運，娶到了我。

五年後，跌破了我爸媽的眼鏡，因為，我的德國老公沒拋棄我，我的德國婆家也沒有歧視我，我們還添了兩個健康的女兒。

有了孩子後，我特別高興，因為，我可以冠冕堂皇地說：「我沒有時間念書，因為要照顧小孩。」

孩子上了小學，我們買了鋼琴，婆婆幫我們的孩子付學費，一直到她們上大學止。

她一石兩鳥，學費由她過世後的遺產先扣，我們也少付遺產稅，皆大歡喜。

朋友介紹一位老師，叫舞爾可（ULRIKE），她大學音樂系畢業，主修鋼琴。看不出她年紀多大，20歲到30歲吧，梳個馬尾巴的金髮外，一系列的黑裙子、黑襪子、黑皮鞋。

那段日子，我孩子真乖，我叫她們練琴，她們就練；如果不聽，我就如美國耶魯大學的那位虎媽一樣，大吼幾聲，她們就一聲不響地趕緊地打開琴蓋。

當她們在上課時，我就彷彿看見幾年後，我的女兒，一身小公主打扮，頭戴金花，腳踏金鞋，在柏林愛音（音字刪除）樂的舞臺上，在紐約大都會，甚至，米蘭歌劇院，接受觀眾爆雨如雷的掌聲。她們抱著鮮花致辭：「我有今天的成果，這是我最美麗的媽媽的功勞。」

馬上，閃光燈打到坐在第一排的我。一想到這，我全身輕飄飄，像孫悟空一樣，在天上騰雲駕霧一樣。

不幸，我從天上的雲彩裏掉了下來。因為，她們到了青春期。她們不再每天練琴，她們是根本就不練，我每天再怎麼逼、罵、吼、求，甚至威脅要扣零用錢，她們就如耳邊風，反而一起酸我。

「媽媽，你自己是虛榮心，想當星媽，要我們來幫你圓夢。不要那麼笨，逼我們。」

「不可干涉我們的自由。你敢侵犯我們的人權？」甚至，她們的爸爸，也講了一些莫名其妙的話：「要自由發展啦，沒把老師趕走就不錯了，又不是你出錢。」

好吧，我也認了。只希望，她們有一天，有了孩子也被罵。

有了她們老爸支持，從那以後，她們更變本加厲，每次到鋼琴課時，不是落跑，就是遲到早退。我就與舞爾可天南地北的閑談。

我們的兩位大千金，二千金，上了大學，終於搬出去了，唯一留下的，是那架又黑又亮的大鋼琴。我是喜悅交加。

老公有他的病人，忙得不亦悅乎，幸好，我有固定工作，早出晚歸，要我每天呆在家裏看天花板，一定悶的發霉。但，還是好像少了甚麼。

我想到了舞爾可。

在我55歲時，我開始上了我人生的第一堂鋼琴課。

我們先學彈了4/1音符，我都對了，好高興！原來，彈琴這麼簡單！

幾個月後，要彈1/8音符時，我的腦袋，就馬上開始想東想西，彈什麼都錯，反而越彈越大聲，越彈越快。

她就說：慢一點，慢一點。

聽了她的話，我就像中邪了一樣，不能控制自己，反而更加速度，越彈越快。把鋼琴彈的好像打鼓一樣，叮叮咚咚、叮叮咚咚、叮叮咚咚咚咚咚咚。

她馬上大叫stop stop stop。我有氣無力的說，我不是故意的呀。

她無可奈和的拿起了節拍器，調到60，說，你聽，嘀—嘀—嘀—嘀—，你就跟著節拍一起彈，從鍵盤c開始，到h，也就是你只學過的do re mi fa sol la ci do。

到了do也就是h，你就再彈回來，h a g f e d c，就如do ci la sol fa mi re do。

我彈了一次，都是對的。

她接著說，現在你在每個嘀時，你要彈兩個鍵盤，就是從c1

到h2。

我心想，有了鍵盤，我就會彈了，簡單！

當我聽到嘀，想彈兩個鍵盤，手指一點不聽話，一下子用力按一個鍵盤，一下子用力按了2個鍵盤，搞的我腦袋發瘋。

她心平氣和地說：「今天，沒必要了，下個禮拜吧。」

下次她來時，先上的是呼吸課，我得與她一起，看鏡子深呼吸，慢吐氣。我望著鏡中的我，不就是一個活生生的大媽嗎？以前的長髮沒有了，取代的是肚子的一圈肥肉。以前大大的眼睛，現在深陷於起滿是摺紋的眼框裏。

我知道我沒有音樂細胞，不會看五線譜，聽力又不夠，數學更差，連1/4、1/8都分不清楚。我要告訴她，我想放棄了，別讓人嘲笑。

這次，她又要我彈甚麼1/4、1/8，她把節拍器調到最慢速。滴——滴——滴——，叫我慢慢彈，慢慢呼吸。

好奇怪，我的手沒那麼發抖了，也沒有錯那麼多了。

下課了，我也忘了跟她說，不必來了。

日轉星移，我慢慢的，從1/4音符，1/8音符，到3/8音符，沒有彈錯，居然還彈成了一小節。雖然我還是在用小學課本，但很滿足了。

有一天，我又回到柏林有名的世界文化遺產的博物館島，也是我以前當館裏中文導覽的地方。館前小花園，時常有東歐來的音樂家演出，其中有一對，是波蘭來的音樂老師，我每次經過，都被他們的音樂感動。奇怪，這次，好像聽到，他們有些地方彈錯了。我告訴了舞爾可，她馬上恭喜我，因為我的聽力進步了。

我很不好意思的說，可是，我已學10多年了。

「那又有什麼關係？只要有進步。跑馬拉松也是從2公里開始的。」她興高采烈地回答。

是呀，那又有什麼關係？

所以，我鼓起勇氣，寫了這篇文章。

輯二：
幕後心聲

花團錦簇莊園情

朱文輝

晃晃悠悠三十個年頭，新生兒都長成挺拔而立的青壯好漢了。

歐華作協這座紅牆綠瓦花木扶疏的大莊園，在過去三十年的歲月裏，歷經創園的園主擘劃經營和輪番扛下維養重責的歷任園長，由上世紀的1991年一路走到今天，儼然成為歐洲華文天地的景區之一。

忝為歷屆園丁之一的我，在滾滾江河裏浮浮沉沉了幾段歲月，泳術不高，乏善可陳，然而每兩年一次的園遊盛會，咱三十年如一日，迄今從未蹺課缺席，保持著全勤模範生的好記錄！

莊園之建立，除了基本人馬之外，至關重要的是糧草必需先到。園長兼園丁的任務之一，在於闢源生財。當年創園的園主趙淑俠大姐名氣如日中天，人脈通達，除了自我慷慨解囊充當建園經費之外，更進而向台灣四方呼籲支援，籌集善款，陸續從1992年成立於台北的《世界華文作家協會》大龍頭符兆祥秘書長那兒獲得好幾次的年會贊助，而呂前副會長大明姐更是熱心將她耕耘的劇本費大氣捐贈，讓我們《歐洲華文作家協會》於草創最初幾屆的年會舉辦得盛大順利；那時，會友們出席活動用不著繳交任何費用，住宿用餐全額招待，甚至連文友遠道而來的火車票都酌予補貼。

1996年我榮幸從創會會長趙大姐手中接下了管家兼園丁的任務。在大姐的後盾支持之下，一方面台北世華給予我們兩年一次年會的補助款沒有中斷（每每都是一兩萬美金），中華民國駐歐單位對於協會推動文化交流及傳揚中華傳統文化之作為，也都透過盛宴招待全體與會人員或給予協會補助款等方式積極配合支持。值得一提的是，那年適巧台灣的佛光山星雲大師囑托學界才子龔鵬程教授籌辦佛光大學，他與目前在台北擔任《孫文學校》總校長且是台大政治系教授的張亞中博士相携前來歐洲覓才及尋求合作的學術對象，我與張教授曾於1980年代後期在外交部有過同事之緣，便幫他們聯繫接洽安排了拜訪荷蘭萊頓大學漢學系。說起荷蘭，除了有位聞名全球的漢學家外交官兼寫狄仁傑探案系列的高羅佩之外（Robert Hans van Gulik，1910-1967），香港新儒學大師唐君毅的荷籍入室弟子賈保羅教授（Prof. Dr. Robert P. Kramers）曾於1964至1986年擔任蘇黎世大學漢學系系主任，1970年代末期我聽過他好幾個學期的課。賈保羅教授退休之後便返回荷蘭頤養天年。有了這段淵緣，後來龔校長一行很順利便與萊頓大學結上了緣，那一屆在漢堡以及2002年在蘇黎世舉行的年會，我都順利得到龔校長兩萬美金的奧援，加上趙大姐循例從符秘書長那兒得到的贊助善款，使得協會的經濟情況保持平穩。記得那年及後來他們在歐洲四處拜會結緣，我陪過他們一行在巴黎大街豪飲狂歌，龔校長乃性情中人，自幼習武，我們一路嬉笑奔狂，率性而忘形，不忌路人側目，大有文生造反膽大妄為的況味。

可惜自2000年起台灣由陳水扁執政兩任，與中華文化漸行漸遠，海外文學團體辦活動請求補助不再像往昔那麼順暢，而《世界華文作家協會》自身的財務狀況也起伏不定，此一發展，自2016年政黨二度輪替後益形嚴峻。因此，便難為了後來幾任接下園長之棒的莫索爾、俞力工及郭鳳西三位前會長以及現任的麥勝梅會長，讓他/她們身處巧婦難為無米之炊的窘境。於是不得不開源節流，以新作為和新方式來推動會務。其間，謝盛友前副會長幾度慷慨解囊，自掏腰包以大手筆善款捐助本協會；同時，前會長力工兄在他三屆任期內殫精竭慮開源節流，以他旅居奧地利豐沛的人際脈絡和精到的交涉談判長才另闢蹊徑，兩次在奧地利舉辦年會，都設法找上當地政府的觀光及新聞機構，洽商對方安排接待我們參觀旅游以及品酒用餐的節目，我方則承諾賦歸之後，各地出席活動的文友將以作家之眼和筆撰寫參訪印象。如此，在雙贏互利的情況之下，協會節省了大筆開銷，享受到許多意想不到的驚喜。

2011年承蒙協會裏兄弟姐妹們厚愛，讓我重做馮婦，再出一次江湖，這時馬英九執政（2008-2016），申請官方補助又比較順利些了，而《世華作協》自身處境依然困難，卻也左騰右挪，擠出些許款項惠予贊助（2013的柏林年會補助了11萬2千元台幣）。加上承蒙那幾年任職於台北《中華文化總會》的秘書長詩人老文友楊渡兄慨應我請求，指點了迷津，於是我正式寫公文向文總申請活動贊助，因此在他任內便順利獲得兩次補助款。之後，協會開始自力更生，在各理事們群策群力之下推動出書計劃，前副會長老木（李永華）兄提出《以書養會》的策略，冀望由我們群體創作的主題專書出版之後能為協會收入一些版稅，挹注經費；德國新天鵝堡會友黃學升兄利用他《聚寶盆酒樓》天時地利人和之便，屢為協會介銷幾部專書，每次所得一兩千歐元悉數交由副會長捐公。記得2010年11月在力工兄主政下由麥勝梅和王雙秀主編的專書《歐洲不再是傳說》由台北秀威出版社推出，銷路甚佳，後來引起廈門凌零圖書策劃有限公司的興趣，我於任期內與對方進行長時間的磨合交涉，2013年4月終於和對方簽約在中國大陸發行簡體字版，順利為協會掙到了16934.40元人民幣的版稅，交給了不久便接我任的郭鳳西大姐。此外，在她任內，我出面組稿參加大陸舉辦的世界華文微型小說海外雙年獎活動，也兩次獲得主辦方發給團體組織優秀獎獎狀及獎金，全都面交會長處理。

如今，三十年的仗我已打過，一筆流水帳也於此記下交代。一路走來，值得回憶的樂事還有一簍筐，用一句感恩的話作總結：歐華作協是個有情有義的世界！來自各方的溫暖伴隨著我們美麗的莊園繁茂榮盛。往事亦趣事，足堪回味，猶未成煙，寫來也津津，你我人生不會蒼白。

幕後心聲

呂大明

古代文人創作的領域建立在孤獨隱世，擁有非常個人主義的色彩，多屬感興之作，瞻萬物，悲葉落，知勁秋，感懷傷逝……我十分喜愛古典作品，每當翻讀這類屬於百世闕文，千載遺韻的文章，我就有精騖八極，心遊萬仞之感。

不過就算寂寞避世，生命像一盞火燭，讓文學燃燒在奇光異彩中，必然也擁有幾位志同道合的朋友，像王羲之《蘭亭集序》不是也描寫在暮春三月的會稽山，朋友相聚，面對人間美景，飲觴題詩的情景。

自然主義大師左拉每星期四都在巴黎近郊梅當小村（Medan）自已的鄉間別墅與文藝界朋友相聚，左拉的格局也許小了點，這些文友都屬於自然主義的信徒，如阿雷克西，賽拉爾，愛尼克，雨依斯曼，莫泊桑，包括左拉自已，六位文人還集體創作寫了「梅當之夜」（Les soirees de Medan）每人寫一篇作品，風格都歸屬自然主義，其中莫泊桑的「脂球」（Boule de suif）最傑出，也是他成名之作。

寫了前面這一段，只是一齣戲的序幕，下面的細節才是主題。

一九九一年初春，一個春寒春雨的夜晚，在巴黎一家中國餐館與趙淑俠大姐共用晚餐，她寫《我們的歌》、《賽金花》，膾炙人口，我久仰其名，餐桌上還有「世界華文作協」創辦人兼秘書長符兆祥先生，他們二人有了成立歐洲華文作協的構想，地點選在人文薈萃的法國巴黎，這腹稿非常崇高，格局地不像左拉文藝沙龍那麼小，成立的過程卻無比艱巨，我是其中幕後工作者，也是見証人。

歐羅巴的地界雖不是無邊無際，而每一個國家語言不同，背景不同，屬於旅歐的異鄉華人，在擁有自己舊有文化——傳統的中華文化之外，又在異域文化繁藻異彩薰陶下，開始執筆創作，或在國內已有知名度的文人，在隨著異域大漠塵沙一起老去，蓬蒿白骨，埋土異鄉之前，不放棄這隻已握在手中多少年的筆，孜孜不倦繼續經營這座文學的殿堂。不論屬於前者或後者，這些以華文創作的人都分散在歐洲各國，各自閉門寫作，有的只有一個名字，連電話號碼都沒有，不知此人遠在天邊或近在呎尺？

而且成立大會之前百事待興，舉一簡單的例子，在法國要成立一個合法的社團必需經過省會警察局登記，登記過程第一關得將洋洋灑灑，條文繁複的會章譯成法文，時間已緊鑼密鼓，不眠的夜晚，燈下的字都幻化成一個個跳躍催眠的音符……

趙大姐是一流外交人才，所有與國內文化界有關部門的接觸都經由她出面或以文書聯繫，繁複的內部籌劃工作，她遠在瑞士鞭長莫及，都落在巴黎文友身上，我們只能分工合作，不靠一人獨撐大局，祖慰文采華茂，他是屬於才子型的文人，但幾乎「歐華作協」成立的籌劃，申請經費，舉辦活動等等都出自他細心琢磨。而我生性木訥，不善言辭，在面對與法國文化部、凡爾賽市政府、凡爾賽省會警察局等聯絡，或爭取臺北駐法代表處、文教中心的支持時，仍得親自披甲帶盔地上陣。

在大會未成立之前，所有的經費都屬於「畫餅」，也即沒有分文，趙大姐付出的長途電話費是驚人數字，我的紅色賬單也是數字可觀，能鬆下一口氣將為大會工作的帳單呈報上檔是成立大會以後的事，也就是說趙大姐捐出她的翻譯費三萬法朗，我個人捐出自已翻譯《讀馬致遠<漢宮秋>雜劇》獎金一萬法朗，還有一筆未獲人知的數字，趙大姐與我都不提這些賬數。

理想的付出是多麼悲壯，時間金錢與心血又算得了什麼。

一九九一年三月十六日歐洲華文作協第一屆大會終於成立，臺北駐法代表處邱榮男代表、文化組長黃景星、文教中心主任王能章與總會秘書長符兆祥等人全力支持，巴黎文教中心提供了偌大的場地，來自歐洲十一國今日屬於元老級會員當年都是華年正茂，事隔十一年，再回顧當年的情景，我感慨萬千！

歷經十一年是多麼悠長的歲月，這十一年中我們也看到更多幕後工作者默默貢獻他們的心血，朱文輝在創作推理小說時，他像阿嘉沙・克莉絲蒂Agatha Christie神氣十足去塑造纏複的人物與情節，樂在其中，而每次籌劃舉辦年會他幾乎病倒。俞力工這位將門之子，執筆寫政論一枝如椽巨筆，卻將維也納第三屆大會辦得那麼詩情畫意，剛陶醉在一代樂人莫扎特故居薩爾茲堡往日的風華中，又經歷鹽湖區但丁的煉獄之旅。剛上任的新會長莫索爾，也是《中副》的作者，他翻譯西班牙文學作品，文筆婉約，他深深體會歐洲文友處於文壇的邊緣地界，發表作品的機遇有限，他苦心為文友接洽諸多投稿園地。譬如西班牙一家華文報刊，有整整兩版專門提供「歐華作協」創作專刊。

郭鳳西曾獲中央日報報導文學獎，在上任秘書長之前已為歐洲華文作協幕後貢獻諸多心力。

在蘇黎世年會上，我們看到那麼精美一份純屬於歐華作協的特刊，那是麥勝梅與王雙秀日以繼夜的操作，也是他們的才華與巧思。

《西德僑報》主編張筱雲從沒見過她在自己刊物上發表文章，她讓出大幅版面，提供「歐華作協」會員創作的機會，無私的心情，令人欽佩！

每次開會，譚綠屏總是拿著她的袖珍照相機為大夥兒拍照，她為大會保存諸多珍貴的特寫。

這次巴黎理監事會謝思諾為籌劃開會場地餐聚諸事，一再奔勞，她是已故報業名人之女，辦事責任心重，心思細緻。

幕後工作的細節是寫也寫不完的，薪火相傳，歐洲華文作協將會吸取更多雋秀人士，但拓展的版圖不是幅員的廣度，是發揚溫馨，和諧、相容、以文會友傳統的優美風尚。

輯三：
緣起不滅

我在歐華作協的園林裏和文字嬉戲

朱文輝

操筆耕字耘句，經營成文並化作篇章或書冊者，古時稱為文人，現今多稱為作家或自謙為寫作人、寫字人、撰述人或著作人。

總覺得作家一般都很自戀。多愛追逐成名，享受被肯定以及被歌頌的那份快感。這種快感，就像男歡女愛的情慾高潮爆發那一刻所獲致的滿足感，數秒之後便雲消霧散，如同施放五彩煙花，沖天一爆，繽紛耀眼，十分醒目，然而也是霎時便黯淡褪失，了無影跡。所以說，色即是空，空即是色，名即是空，空即無名。當今不少名成利就的年輕作家，尤其網路寫手，多為挖空心思，使用各種引人注目的怪招為自己的「文字」打廣告做招徠，語不驚人誓不休，舉止更是誇張，不乏賣弄性感與風騷，整古作怪，以求享受網紅擁有眾多粉絲的那股滿足快意，正如花錢到青樓買春，以金錢換取感官的刺激與爽足。

歐華作協的文字大觀園，由三十年前的歐洲荒原，拓蕪墾荒到如今經營得入目皆是亭、台、樓、閣、軒、榭、廊、舫的成果，處處曲徑通幽，柳暗花明，目不暇給，吃果子拜樹頭，我們當然不能忘懷建園的園主更兼殷勤辛勞的園丁趙大姐淑俠！她播下千花百草的種籽，悉心栽養灌溉，三十個寒暑春秋已讓奇花異草一代代枝繁葉茂，爭奇競艷，奪人耳目，已成大姐為我們群夥對外宣展的一張傲人名片。母鷄帶小鷄的溫暖呵護下，我們成長，我們茁壯。

這片園林裏，百花齊開，香草綻放，形體各異，馥郁醉人；文友們的創作路線與方向不盡相同，各有所長，即便是詩歌、散文、小說、紀實、哲思、雜記論說等文類文型，也都像萬花筒般，式樣幻千，各有各的拿手絕活引人耳目。我們樸實耕耘，默默創作，不標新立異，踽踽慢步而行卻也不感孤寂，因為我們相互學習，相互鼓勵，以文交友，以友輔文。

文友們的作品各領風騷，斐然亮眼，我在夾縫中另闢蹊徑，專走旁門左道的犯罪文學路線，迤邐而行，自得其樂。總是覺得，既然散文詩歌非我所長，何不借殼上市，將一些散文詩歌的意念及素材融入偵探犯罪小說的大結構裏，令其退居二線作隱形的發揮呢？！

此外，中西文化思維以及語境異同的比較和溝通交流，也是我志趣所在。因此，除了偵探推理犯罪小說之外，自2016年以來還有這方面的德文專著問世，例如《字海捕語趣》和《今古新舊孝思文學專輯》，都是同時獻給德語和華文讀者看的作品。

如今退休歸隱田園，讀寫素淡過日，回顧一生走過的每條道路，留下的每行履印，都有過憧憬和理想牽引的影子，讓我向前奮進，逐步達成人生每個階段所懷不同面向的願望，也算圓了自己某些所謂的夢想。

三十年的美麗記憶

麥勝梅

2021是歐洲華文作家協會成立30周年。三十年是一段漫長的日子，此時此刻，大家掩不住內心的喜悅，因為我們一路走來，一直握緊手中的筆，見証了協會的創會和成長歷程。

記得1991年的春天，在巴黎人氣最旺的十三區召開首屆歐洲華文作家會議，迎來了近百位的華文作家和文化人共襄盛舉，這也是我生平第一次參加的文學會。早在二月，我已經得到大會的邀請，能夠參加這個會議，自然是我莫大的榮譽，可是當時的我，只不過是一個僑報的小作者，頂著「作家」頭銜，我實在太心虛了，然而這一切，卻又多麼令人振奮啊。

我依稀還記得在當日，我帶著無比興奮的心情來到伯爵旅館，那裡早已聚集了一群名作家，其中還有中央日報主編梅新和聯合報副刊主編瘂弦，舊雨新知，熱鬧非凡，宛若一座福樓拜文藝沙龍，散發著濃郁的「以文會友」氣息。

一位舉止優雅笑容可掬的女士忙著招呼來賓，我向她走去，問道，「請問妳是趙淑俠女士嗎？」她連忙搖頭說：「我不是，趙大姐正忙著呢！」。

說也奇怪，至今我沒有忘記這段小插曲。

後來，我才知道她就是大名鼎鼎、言辭婉約的散文家呂大明，後來，我們成為了好朋友。

1991年3月16日畢竟是一個喜慶的日子，因為歐洲華文作家協會在那天誕生了，這對華文文壇來說，更具有非凡的意義。為了籌辦這個會，世華作家協會秘書長符兆祥和趙淑俠大姐奔走了一年，而幕後的英雄還有呂大明大姐和巴黎一群熱心的文友。

最難忘新上任的趙淑俠會長以興奮的心情告訴大家，我們華文筆耕的生涯不再孤寂了，歐華作協不僅是成為全歐洲第一個華文作家組織，也是散居於歐洲十多個國家的華文作家的大家庭。的確如此，這個屬於歐華文友的家，秉持以文會友、提攜新秀的宗旨，每兩、三年舉辦年會和研討會，推出系列文選集，鼓勵文友出書，彼此相互切磋。

春去秋來，一帆風順地進入21世紀的年代，分佈12個國家的歐華文友們，已經在海闊天空的文壇嶄露頭角，歐華作協也因此而茁壯起來。而我經過很長時間的醞釀，總算也趕在廿世紀末成功出版了散文集《千山萬水話德國》，另一本旅遊文集《帶你走遊德國——人文驚豔之旅》於2015年也問世了，此書還入選文化部第38次「中小學生優良課外讀物」，走筆至此，特別要感謝淑俠和大明兩位大姐，在百忙中抽空給我寫序，給小書沾上不少光。我在著作方面雖然沒有很亮麗的成績，但是也曾經為協會主編了幾本書，這算是我對協會的一種回報吧！

三十年的點點滴滴，已堆砌成美麗回憶。如今我還有一個心願，祈望我們這個大家庭今後的書寫更豐潤，歲月滿溢溫情。

海外寫作——跨越地界的寫作

郭鳳西

從年幼，我就是個愛看書的人，當然不是那種做學問用的艱澀難懂的大塊文章，小說、童話故事、武俠、世界名著、章回小說，對書中情節人物，常常覺得目眩神移，一本在手，外面的聲音、週圍環境的變化都干擾不到我，在家裡如果有人叫我，沒聽到回答，我媽會說：「我們二小姐在看書，耳朵休假了。」但讀了數不清的書，一腦子稀其古怪的東西，從來沒有想到提筆寫篇文章，覺得那是專家學者做的事，就連一丁點的意願都沒有。

到了比利時，結婚成家，老公讀書人，對我知道那麼多事情，但從來沒寫過一個字，覺得不可思議，他當年用投稿來改善伙食，寫東西經驗豐富，鼓勵我試試，並保證修改、騰寫、寄出，就這樣，一篇篇的小品、散文、雜文出現在台灣各大報刊，稀奇的是從來沒被退過稿，寫作之路在老公推動下，平穩的走下去。

1991年趙淑俠大姐找到我，邀請參加「歐洲華文作協」在巴黎舉行的第一屆年會，並做了創會會員，於是我的整個生活秩序、重心完全改變，無所事事的家庭主婦，成了作者，活得比較理直氣壯，在協會裡做理事、秘書長、會長，一晃三十年過去，這是一條五彩繽紛，充滿快樂驚喜的路，認識心儀的作家、開會、旅遊，並分享筆耕種種樂趣，交了許多有幻想、有內涵、有水準的朋友，常想我是個幸運的人，寫作的路走的平坦容易，感謝老公多年支持包容。

進入老年，兒女成年離巢，先夫離世，現時獨居自理，這些雖是人生必經之途，也未免唏嘘徘徊，每逢回憶往日，唯寫作帶給我的快樂，是此生最大的收穫，看盡人生的酸甜苦辣，遊歷五大洲，開擴了眼界，得到數不清的寶貴知識，並寫成了六本書，飲水思源，感謝協會的造就。

現時，對寫作雖然依然喜愛，但年齡身體關係，己力有未逮，沒法常時間伏案疾書，但願「歐華作協」能更壯大美好永存。

歐華作協與世詩大會

楊允達

歐洲華文作家協會於1991年3月15日在巴黎成立，迄今已將及三十年。歷經首任會長趙淑俠，前任會長莫索爾，俞力工，朱文輝，郭鳳西和現任會長麥勝梅的傳承和開展，已先後在歐洲各大城市舉行會員大會十三次，擁有會員八十多人，出版了《歐洲華文作家文選》，《歐洲華文作家協會第五屆年會手冊》，《在歐洲天空下：旅歐華文作家文選》，《對窗六百八十格》上下兩冊，《歐洲不再是傳說》，《東張西望－看歐洲家庭教育》，《迤邐文林二十年——歐華作協成立二十年紀念集》，《餐桌上的歐遊食光》《尋訪歐洲名人的蹤跡》，《在歐洲呼喚世界：三十位歐華作家的生命記事》，《尋訪歐洲名人的蹤跡》和《歐洲華文作家協會第十三屆雙年會手冊》書籍十四本，銷行歐美亞三洲，成績斐然。

忝為創會會員之一的我，深感與有榮焉。

歐洲華文作家協會是經過民主選舉程式，創立於歐洲的獨立文學寫作團體，以自主的地位加入世界華文作家協會，成為該協會全球七大洲其中一洲之成員，同時以增進旅歐各國華文文友之聯繫，以筆會友、相互切磋、提攜後進、培養新人、發揚中華文化，進而協助旅歐華文作家融入世界華文寫作社會為宗旨，並致力與國際寫作界接軌合作，是一個純文藝性質的團體，與政治無關，亦不接受任何政治任務或從事政治活動。

為了達到「致力于與國際寫作界接軌合作」的目的，我曾自2011年起，邀請僑居維也納的方麗娜、荷蘭的池蓮子、丹麥的池元蓮、法國的楊翠屏、捷克的李永華（老木）、比利時的郭鳳西、西班牙的張琴、瑞士的朱文輝和青峰、德國的麥勝梅、高關中，黃鶴昇和穆紫荊，先後聯袂出席在以色列，馬來西亞，台灣，捷克，中國和印度召開的世界詩人大會，與擁有一千六百多名會員的世界詩人大會融為一體。

世界詩人大會非常重視歐華作協的作家的參與，為了表達尊崇，特別促成他的姐妹機構——美國世界藝術文化學院頒授高關中，黃鶴昇和青峰榮譽文學博士學位。美國前任總統雷根（Ronald Reagan）和印度前任總統卡藍（Abdul Kalam），皆曾獲頒該學院榮譽人文科學博士學位。

我僑居德國的詩人紫荊和捷克的老木，因而發起組成歐洲華文詩歌會，這是歐洲華人的一件大事，可喜可賀。

中國是當今世界上擁有五千年悠久歷史的文化古國，中華民族也是一個詩歌的民族。世界上和中國同年紀的的埃及和希臘，他們的文字早已死亡;今天，已經沒有人能朗讀古埃及文和古希臘文，唯獨華文歷經三千年而一枝獨秀。今天，全世界的華人，都能直接閱讀二千多年前古代華人的作品，朗誦春秋戰國時代古人寫的詩經。中國古人創作的離騷、楚辭、漢賦、唐詩、宋詞、元曲，歷經千年，傳誦迄今，仍能朗朗上口，受人歡迎。因此，華文是中國人值得驕傲而珍惜的文化遺產，華文詩歌更值得我們去發揚光大。

世界詩人大會擁有五十年的歷史，其會員一千六百多名，分別來自全球六十五個國家，在已往五十年中，曾在世界三十多個國家召開會員大會三十九次。今年九月，將在匈牙利的首都布達佩斯舉行第四十屆年會。該會創立的宗旨是「以詩會友，促進世界大同」，與中國傳統儒家的精神相契合。

歐洲華文作家協會和世界詩人大會接軌合作，前程似錦，光芒萬丈。

開闢一片新的文化疆土

池元蓮

我之所以有幸成為歐華作協的成員，是由於一個電話的召喚。

1991年的一個秋日，我在家裡收到一位女士打來的電話。女士自我介紹說，她是趙淑俠，從瑞士打電話來邀請我參加她所創立的歐洲華人作家協會。

我毫不遲疑的回答：「我樂意參加。」我的先生奧維（Ove）聽到我這樣回答，面露驚奇；因為他知道我是素來不喜歡參加任何黨派或社團組織的。我跟他解釋，打電話給我的女士的聲音很美、很高貴，而且語氣誠懇，打動了我的心。而且，我那時對趙淑俠的名字已經不生疏，因我數月前到美國波士頓探望我的姊姊，在她家裡讀過趙淑俠在《世界日報》上的連載故事《賽金花》，非常欣賞她的文筆。

因此，我是1991年入會的會員，但錯過了歐華作協在1991年春天舉行的成立大會，一直要等到1993年七月才有機會在瑞士首都伯恩（Bern）的第二屆年會上與趙淑俠和其他的創會文友們見面。

時到今日，歐華作協要慶祝三十歲誕辰了。我心裡的感想很多，把之梳理一下，分為下列三點。

首先，歐華作協是一個能夠發揮團結力量的組織。作協的成員們居住在歐洲不同的國家，各有不同的人生背景、不同的謀生工作、不同的的私人生活。可是，團結我們的共同點是：我們是長年居住在海外的華人，心裡對中華文化懷有依依不捨的愛。因此，我們樂意在歐華作協的大旗下，以華文寫作的方式來表達我們對中華文化的懷念與敬愛。

次之，歐華作協在海外開闢了一片新的文化彊土。在過去的三十年，歐華作協成員們在這片新開闢的土地上從事華語創作的耕耘，把中華文化的種子撒在歐洲文化的土壤裡。這些種子在生長過程中吸收了異域的陽光和雨露，長成一片多色多彩的文化交織園地。故此，文化交織是歐華作協的創作特色。

最後，我很感激那幾位替歐華作協合集做編輯工作的文友，如主編《在歐洲天空下》的丘彥明、主編《餐桌上的歐遊食光》的麥勝梅、主編《尋訪歐洲名人的蹤跡》的高關中和楊翠屏，和這次為歐華作協三十年紀念合集整理收稿的林凱瑜和青峰。由於他們所付出的精神、腦力和時間，歐華作協成員們共同筆耕的收穫成果能以光采的面目問世，成為歐華作協存在於世的明證。

在此，我祝福歐華作協永遠保持充沛的生命力，創作的收穫越來越豐碩。

漢字魔力與歐華作協

謝盛友

八十年代到德國巴伐利亞自費留學，除了讀書和在餐館打工之外，唯一樂趣就是閱讀臺灣和香港的報紙和刊物，六四後每週在港臺發表文章，在德國華人的某次會議中認識了漢堡的王雙秀，她推薦我加入歐華作協。雙秀姐在1983年11月寫了一篇《去來皆是溫情》，紀錄尚在柏林求學的她，給林海音與符兆祥等著作權人協會代表做翻譯，相處數日的經過。讀她的文章感覺真實，皆是溫情，她計劃親自來看我，但漢堡與班貝格還是有些距離，倒是時任理事的麥勝梅三到寒舍。世界實在小，勝梅姐的同胞親姐姐就居住在我的鄰街，每次她來班貝格走親戚，一舉多得。

我加入協會後，在第三屆漢堡年會時才與趙淑俠會長認識，第一次見到趙大姐，她就一邊牽著我的手，一邊說：「盛友，來！我帶你認識一位文昌老鄉。」原來我的文昌老鄉就是符兆祥，符大哥聽了我家在文化大革命時的悲慘遭遇後，一個男子漢竟然在晚輩跟前淚流滿面。2007年年會在布拉格召開，符兆祥因故不能來，他夫人丘秀芷來做報告，大哥特地讓秀芷嫂子帶來一份禮物到布拉格給我。

也是在漢堡年會上，我才第一次見到「怪味小說派」的代表作家祖慰，這位在出國前已是知名作家的湖北省作協副主席，六四時退黨，此後我們成了知己摯友、莫逆之交。祖慰為人正直寬厚而不失幽默感，是大家的好朋友，第一屆就被選為歐華作協副會長。深度的鄉愁是他客居異域的痛，終於回到了中國。歐洲華文作家協會裡，不光是有作家，而是有與華文文學相關的多種人物在內。

歐洲與中國的面積差不多，但歐洲分裂成多個國家；中國卻始終能夠統一，文字的差別看來是主要因素。地域遼闊，山阻水隔，使居住在各地的同一民族語言產生變化，英語法語德語等拼音文字非常依賴「語音」，當「語音」產生變化後，修改文字符合「語音」是很自然的，加上拼音文字修改容易，造成歐洲的語文一路增多，語文有異則造成民族分裂，所以歐洲分裂成多個民族；而漢字依賴「字形」，對語音的依賴不顯著，且要修改漢字有一定難度，是以雖然中國各地區的漢語方言有異，但文字始終一樣，防止了民族分化。

為什麼我沒有被融入德國社會？盡管我能在德文日報上寫專欄，為什麼在議會裏罵人不像用漢語罵得這麼痛快？今天看來，與血液裏的漢字有關。漢字穩定，不但穩固著歐華作協這個大家庭，還穩固著中華這個大民族。

緣起

黃雨欣

緣分，真是很奇妙的東西，它往往是在你毫無準備的時候飄然而至的，來得雲淡風輕雁過無痕。當一份深沉的緣分擺在你面前的時候，你往往對它漫不經意，直到多年之後的某一個契機，驀然回首，才驚覺，原來，某年某月的某一天，我們偶然來到某一個陌生的地方，結識了一些人，經歷了一些事，這些人和事的環環相扣，就結成了緣分。

時光追溯到二十年前，那是千禧年的夏末，當時我正在柏林的文藝期刊《新新華人》擔任主任編輯，漢堡畫家譚綠屏大姐經常為我們提供優美的散文，當時互聯網尚未普及，她的稿件都是傳真發過來，再由我逐字逐句敲進電腦裡的，每當遇到模糊不清的字跡，我就打電話求證。正是那一通電話後，她告訴我，近期在南德的曼海姆有一個文學同好者的聚會，她約我一同去參加。作為編輯和作者，我們雖然文字往來頻繁，卻尚未謀面，不如借此機會當面認識，相信聚會上還會結識其他文友，順便為我們期刊約稿。

臨行前，綠屏姐告訴我，她因在漢堡另有活動不能成行了，要我到曼海姆的會議地點報到後，找歐華作協的會長朱文輝先生和德國理事麥勝梅女士，並一再寬慰我：「不必擔心，文輝和勝梅都是文采和修養並重的文友，他們一定會悉心關照你這個後起之秀的！」

這是我第一次聽說「歐華作協」。

一大早，我從柏林搭乘ICE特快列車，當天下午就抵達了曼海姆。第一次面見了當時的歐華作協會長朱文輝先生，他個頭不高，身材消瘦卻骨骼清奇，談吐犀利幽默又儒雅睿智，不一會兒，朱先生身邊就聚集了一圈文友，我畢恭畢敬地聽著這位文壇前輩和大家的談笑風生，不禁被這個歡快和諧的文學氛圍深深吸引。

這時，從另一個房間走出一位端莊優雅的知性大姐姐，只見她一頭蜷曲的大波浪披肩髮用一枚帶水鑽的寬髮夾別在腦後，身著一襲深藍色的長裙，腳下是一雙同色系的半高跟皮船鞋，行走時，飄逸的裙裾恰到好處地讓那雙好看的船鞋時隱時現……我正呆呆地欣賞著這位大姐姐的綽約風姿，只見她笑吟吟地來到我身旁，溫婉地問道：「是柏林來的雨欣嗎？我是麥勝梅……」

時隔二十年後，我已記不清那次聚會的主題是什麼，只記得文輝大哥在講臺上隆重向嘉賓們介紹了我。接下來兩天的會議，我寸步不離地跟著勝梅姐。從此，初見文輝大哥和勝梅姐時令人心動的印象，一直潛伏在記憶裡。

當時的我正當意氣風發的年華，懷揣著一腔文學夢，心中有千般錦繡文章的構想，卻不曾料到，正是眼前偶然結識的他們，此去經年，在遙遠的他鄉，伴我在海外文學這條路上跋涉了二十年。我們攜手精心構建了一個精神家園，大家互相依託互相扶持，共同編撰了一本又一本的文學專輯，我們勤奮筆耕書寫海外漂泊的心語，圓了一個瑰麗的作家夢。

這個家園的名字就叫「歐華作協」。

編輯本色

丘彥明

我一直在文藝的環境中成長，小學時代就開始在國語日報投稿刊載。大學時代擔任過新聞系對外發行的報紙副刊主編，遇到版面開天窗立即提筆填補。就業後，進入聯合報任副刊編輯，後又兼編聯合文學，與寫作不單脫不了關係，更成為志業。

長住歐洲十年後，加入歐洲華文作家協會，不再只孤單一人創作出版，增加了與眾文友們出版合集的樂趣——協會每次在年會討論主題，開始徵文、編審，至兩年一次的下個年會前印刷出版。

曾經累積的長年編輯經驗，讓我在協會的出書工作裡充當了不少角色。曾為出版《在歐洲天空下》，經由丘秀芷大姐引介協助，我寫出企劃書向台灣婦聯會申請到一筆為數不少的出版經費，不僅支付了該書的印行，還有餘額幫助後來幾本合集的付梓。

協會出版的每本合集裡，我是不缺席的眾作者之一，因而嘗試了各種不同文體和題材的創作，新鮮有趣；除此之外，曾親自下海和麥勝梅合作，將文友僑居歐洲面對東、西文化差異的心路歷程，主編成《在歐洲天空下》；曾在《歐洲綠生活》編審過程，做大幅度的內容規劃與調整。每次協會裡出版意見及編印過程出現爭議，詢問意見，我向來以維持協會的精神和文學水準為考量，諍言不諱。執意不肯退讓原則有時不免言重，慶幸大家皆能不與計較，心無芥蒂地繼續與我徜徉於文學與友誼的交流之中。

從每次協會出版的合集裡，我閱讀到文友們用心書寫的作品，有些文字令我驚艷，有些題材別致讓我不得不贊嘆頭腦聰慧；在其中我得到沉浸文學曼妙的享受，也得到繼續創作的激發和砥勵。而最最欣喜的則是，發現新入會的年輕文友有人創作呈現爆發潛力；這時，我一定毫不吝惜送上贊美和感想，然後失笑自己真乃編輯本色難改。

迄今，歐華作協已累積出版了十多本書，這應歸功於所有文友們熱心提供創作，以及部份文友費時費力無償協助編輯、校對。其中最主要有兩位靈魂人物：麥勝梅和謝盛友。每一本書出版，從籌畫、收集稿件、編排、與出版社的連絡與印製，都能看到勝梅奉獻的身影；盛友則一向慷慨，出資協助出版、買書，並墊付郵資將書籍寄送分居各國的文友，毫不居功。當然一切追根溯源，趙淑俠大姐的創會必須感念。

回憶至此，深深領會這個文藝團體的難得可貴。多年身在歐華作協如此和睦的人文氛圍裡，是緣份也是福份。

與歐華作協結緣

高麗娟

2002年5月歐華作協和蘇黎世大學中文系在瑞士聯合召開年會暨文學研討會，我雖然不是歐華作協會員，但是，由於在土耳其安卡拉大學漢學系任教的緣故，很想瞭解歐洲漢學界，於是就徵得當時歐華作協會長朱文輝的同意，和第一位歐華作協土耳其會員蔡文琪聯袂飛往瑞士蘇黎世出席研討會。這是我到土耳其整整20年後，首次從土耳其前往台灣和中國以外的歐洲國家參加研討會。

在蘇黎世親見久聞大名的作家李昂、施叔青姐妹和在歐洲從事筆耕的華文作家們，幾天的文學洗禮，讓我彷佛李伯大夢初醒，從土耳其的漢學界一腳跨入歐洲華文文學界，而在年會上我被提名邀請加入歐華作協，從此揭開我在異鄉的華文寫作序幕。

1980年代初，我在臺北結識了土耳其漢學家歐凱，最終飛越大漠遠嫁到土耳其，進入當時中東唯一的安卡拉大學漢學系任教，同時奉命支援土耳其國際廣播電台華語部。在那個別說網路，連與台灣通信往來都要兩個星期的時代裡，在異鄉從事東西交通史的研究與華語教學，修讀博碩士學位，加上連生兩個孩子，家務與校務，讓我忙得像旋轉不止的陀螺，根本無暇也無閒情觀察、思考、記錄在異鄉的生活。這個情況一直持續到2002

年，當我鼓起勇氣前往瑞士，並且被邀請加入歐華作協後，為了成為名符其實的華文作家，我才認真學習電腦，接觸網路，也才經由寫作投稿，與家鄉和世界華文文學界建立了頻繁的接觸。之前我只在電臺翻譯土耳其新聞與政經節目、在大學漢學系教授華語、在偏重歷史考古的學術論文中打滾，這時才真正進入五彩繽紛的華文文學世界，經由文學創作回歸我內在的心靈世界。

從瑞士回到土耳其後，不斷受到當時協會副會長張筱雲的鼓勵，先在她主編的《德國僑報》發表作品，然後鼓起勇氣投稿國內報刊，因為土耳其的特殊性，我的書寫受到讀者的青睞，陸續成為中國時報海外特派員版特約撰述、人間世副刊、蘋果日報論壇版約稿寫手。

在我的華文創作道路上，隨著日後出席世界華文作家協會和歐華作協年會，不斷受到歐華作協會員丘彥明、顏敏如、俞力工、朱文輝、謝盛友、郭鳳西、麥勝梅、趙曼等前輩作家的啟發與鼓勵。而每兩年一次在歐洲各地舉辦的歐華作家年會，更讓我有機會走出學院的象牙塔，在歐洲的湖光山色之間，和來自歐洲各國的華文作家進行深刻的心靈交流，建立了深厚的友誼，一次次聆聽了作家們各自在異國生活與華文寫作之間找到平衡的心路歷程，讓我從個人經驗與內心的感動出發，用自身最能掌握的華語，寫出跨國界的文化瞭望作品。

文化大同與世界大同

白嗣宏

1988年10月應蘇聯新聞社邀請到莫斯科工作。定居俄羅斯以來，風風雨雨，歷盡滄桑，卻也獲得了下半生體驗另一種生活的機會。

進入蘇聯新聞出版界之時，恰逢蘇聯改革的大動盪時期。在經歷了赫魯曉夫解凍時期、中國文化大革命時期、中國思想解放運動時期、改革開放時期、反自由化時期，進入蘇聯新思維公開性時期，有了許多可供思考比較研究的素材。在沒有外來干擾，沒有框框限制的環境下，對許多人生問題、人文問題、世界局勢進展，有了一個新視角。研究與寫作，有了新的極大空間。

生活在國外，有機會見到許多生活在異國的同胞，加上自己在國內的研究與創作，比學生時代瞭解到更多的人間炎涼。身處莫斯科這樣一個多種文化交匯的地方，得益菲淺。我們作為歐華作家，有自己的特色。舉例來說。有一年，俄國改革初期，許多混亂現象。有一天我走在莫斯科市中心的大街上，有一家著名的老牌教育書店，店門口掛的牌子寫教育書店。我常常到這家書店看書買書，　頭一望，既覺得熟悉，又覺得奇怪，店名牌上多出了一個標牌，上面寫著「黃金」，後面畫著一箇彎鉤，指示金店在書店旁邊的一條街上。我看了以後，不禁莞爾。果然如今書中沒有黃金屋了。我想，俄國人是不會這樣聯想的。只有我們華人知道，祖上說的「書中自有黃金屋」。另一次是去參觀西敏寺，見到科學家、詩人安葬在那裏。中國的寺廟道觀裏，只供神仙，沒有科學家詩人的位置。東西方文化不同，會給我們帶來許多意外的收穫和啟示。

2003年進入歐華作家協會以來，得到許多文友的關照，添了許多學問。歐華作協藏龍臥虎，人才濟濟。文友們五彩繽紛的人生經歷，形成歐華這個人文大世界，是我們的驕傲。在與文友們交流中，擴大對歐洲文化的認知，特別是有華人文化背景的歐華諸位作家詩人對當地文化的感受，是一已無法做到的。我們對歐洲文化與中華文化的體會，超出原住地文友對歐洲文化與中華文化的理解。我們有了文化大同，就會有世界大同。

無心插柳柳成蔭

林凱瑜

時間過得好快，快得我已經不記得那是幾年前的事了，只記得那年在代表處辦的國慶酒會中認識了一位台灣曾姓留學生，她在波蘭北部的一個城市一格但斯克，讀博士。她那時是世華作家協會的會員，因在過不久她拿到博士學位後就要回台灣了，她希望波蘭也有會員，所以她開始找人加入世華作家協會。也不知道她問過了多少人，最後找到了我，和我聊天後她覺得我應該把自己在1987-1989年的波蘭共產生活寫下來，她認為這是很難得的真實生活體驗。

我把故事寫出後發給在台灣的符兆祥符大哥，也沒抱多大希望，我沒受過寫作專業訓練，不被錄取，也是在情理之中。但沒想到大概一個多星期後就接到符大哥親自來電，並邀請我回台灣參加世華大會。

心中的興奮是難以形容的，在大會裡見到歐華作協的成員時有種說不出的親切，像個大家庭，而我就這樣，在這個親切和樂的家庭中不知不覺間成為家庭的一員了。

沒有寫作經驗的我，常常為了交稿而頭疼，遲遲無法完成，可是，歐華成員們甚至會長秘書長都在一旁幫助我，讓我一筆一字慢慢地跟上大家的腳步，參與集體出書的樂趣與榮耀。

我真心感謝歐華作協，給了我一個寫出內心深處喜怒哀樂的文章的機會。

寫作總結

老木

按照協會要求寫創作總結，自然要回顧我的文學創作經歷。即便我在國家「一級刊物」上發表的法學論文和儲藏保鮮論文，以及國家一級大報整版的科普文章不算文學作品，我的文學寫作，大概可以推算到1987年。那年，我寫了一個兩萬字上下的科普電影劇本，還給那個片子做了畫外音解說（《京2B膜劑的保險功效》科普短片）也許可以算作我文學寫作的開始。

開始在海外從事文學寫作，是從1993年我在捷克創辦第一家華文報紙的時候，為了給許多來到捷克後，急需在捷克獲得移民、組建公司、會計稅務、租房購車、就醫保險……等方面的法律諮詢，卻兩眼一抹黑、無處獲得這些訊息的華人移民提供法律條規資訊，我在協會的支持下創辦了捷克第一家華文媒體《商會通訊》，小報除了和捷克華人需要的居住資訊，新聞、兩岸四地新聞之外，為了提高可讀性，我開始轉載和自編一些隨筆、評論、散文，節假日寫篇社論，重大事件寫個事件特寫……我在服兵役時學會的新聞報導寫作本領，完全可以對付兩週一期的小報。

如今，不算我參加的合著書稿之外，我寫了長篇小說三部、散文三部、詩歌兩部（散文和詩歌因為出版社和出版時間不同，內容有不同程度的重複）、中篇小說集一部、中短篇小說集一部、哲學隨筆一部、哲學著作（節選單行本）一部、雜文五部、翻譯捷克語詩歌集一冊。另外，我還撰寫了多篇社會學論文、哲學論文、詩歌、小說等文學評論若干，格律詩詞多篇。總字數大約300萬。上述書籍，其中兩本由大陸著名出版社依據我在歐洲出版的書籍增刪出版，兩本在出書流程中。其它都在歐洲正式（有全球同一的ISBN國際統一書號）出版。

感謝歐洲華文作家協會。我正式從事文學寫作，就是在加入歐華作協前的2001年開始的。是當時的莫索爾會長，世華的符兆祥秘書長，約稿推薦連續在臺灣的自由時報發表了三篇文藝散文，幫我堅定了文學寫作的信心，引導我從主要寫新聞走向文學寫作道路。

我也要感謝尊敬的文學前輩趙淑俠大姐，是在大姐的肯定和鼓勵下，我才把電腦裡過去多年的文學作品找出來整理潤色，於2016年初，一次就出了六本書！

我還要感謝會內的各位文學先學，支持我2009年在維也納所出的「以書養會」的「餿主意」，雖然差一點造成協會會費的「災難」，但時任的力工、文輝會長力挽狂瀾、副會長盛友、秘書長鳳西、勝梅積極協助會長多方聯繫，最後有驚無險，小有收益。回想那段時間，協會文友密集的集體協作，很好地激發了眾人的寫作熱情，增強了我會文友之間的交流。2011年協會編輯20年紀念合集時，會長和白嗣宏老師，推薦我參加詩歌和小說部分兩項編輯工作，讓我得到了新的鍛煉。然後主編了捷克作家協會的首冊合集，參與編輯、贊助，並主持出版了《亞洲華文小小說選集》和《世界華文小小說作家微自傳》兩本很有意義的書。

最後，要感謝所有歐華作協的文友，支持和理解我退出協會領導職務的選舉，專心寫作的做法。讓我能有更多精力投入寫作。

謝謝歐華作協這個團體，謝謝所有支持我努力寫作的文友。

與歐洲華文作家協會結緣

許家结

和歐洲華文作家協會結緣，應該從陪同我的另一半去開會說起。

1993那年，歐華作協在山光水色美如畫的瑞士首府伯恩（BERN）召開會員大會，我便建議，我們可以駕車一同到瑞士，把她送到會場後，我再去日內瓦拜訪親戚，等她開完會後我再接她回家，這樣在路上我們可以一起遊山玩水，一舉兩得。

記得那次接她的時候，我看到一位男士正站在會議室中高歌，唱的是義大利名曲《我的太陽》，當時的氣氛十分歡愉，充滿了文藝氣息。後來才知道，這位男高音是祖慰。

第二次陪同是2002年五月，這次是乘火車到蘇黎世。出站就見到瑞士文友顏敏如帶著笑容來歡迎我們的到來，她雖然不在蘇黎世居住，但很熟悉這個城市，後來她把我們帶到機場酒店登記入住。

第五屆大會是在蘇黎世舉行，這次邀請貴賓是施叔青和李昂。開會地點就在入住的酒店內，離市區比較遠，我不方便獨自離開到城區逛街，於是乖乖的留在會場旁聽施叔青的演講，記得她講述了當年如何在香港成為文化大使，因而也寫下《香港三部曲》。李昂，本名施淑端，「施家三姊妹」中的老么，有「文壇怪傑」之譽，《殺夫》，《北港香爐人人插》等是她最膾炙人口的小說之二。她有敏銳的觀察力，勇於揭露台灣社會的黑暗，她喜歡歐洲生活方式，她每次到國外都去嘗試各國不同的美食。

大會不但有精采的演講，會後還安排一日遊。記得那天，朱會長文輝領了大家去蘇黎世大湖南邊的小城Altdorf觀光，我們看到了瑞士傳說中的英雄人物威廉・泰爾Wilhelm Tell的紀念碑，還去Attinghausen山上的4星級餐館Restaurant Pouletburg享用美味的烤雞，邊吃邊觀看外面小山區之景色，十分賞心悅目，令人難忘。

正確來說，和歐華作協結緣是在2004年。

那年，莫會長索爾出一本協會的文選集，並推薦麥副秘書長勝梅來編書。後來，她發現一些文友還停留在「手寫時代」不會用電腦輸入，於是請我把他們手寫的稿子轉成文字檔案，這本來不算困難的事，可是到了出版時，才知道在當時的理事謝盛友介紹的德國出版社，根本沒法排中文版，而協會裡也沒有這種軟體。我只好花時間去設計傳統中文排版的方式，然後一頁一頁地輸入，最終編排出247頁厚的文集。

也許由於閱讀了很多文友的作品吧，我也開始有興趣寫一些文章，加上文友們的鼓勵，我終於在2010年如願的加入了歐華作協。

我與歐華作協的情緣——在寫作中還鄉

楊翠屏

我於2007年12月成為海外華文女作家協會會員。2008年4月中旬，與姐姐參加周芬娜會長籌辦的雲南美食之旅，認識了歐華作協會員郭鳳西、麥勝梅與丘彥明。這一年9月中旬，在Las Vegas參加海外華文女作家協會年會時，遇見古道熱腸的譚綠屏文友，她問我是否有意加入歐華作協，她可推薦。

2008年12月我成為歐華作協會員，次年我首次參加在維也納舉行的年會。後續的年會我皆參加，以興奮、愉悅的心情，聆聽演講，與文友互切互磋，會後旅遊話家常。外子自從2009年春季退休後，很樂意陪伴我出席。

歐華作協就像一個大家庭，每個人有寫作的欲望、志向與理想，且堅持不懈。會員在散文、詩歌、小說皆有可觀的成績。異於其他作家協會，歐華作協得利於成員散居歐洲數國，在多種文化、國情的薰陶下，多元的題材，連續出書，亮出漂亮的成果。

是在國外居住數年之後，才漸漸發覺中文的魅力。以前在台時，會背唱英文歌，不是特別喜愛中文流行歌曲。有了電腦You Tube之後，約12年前，我背了數首鄧麗君、鳳飛飛的歌，閒暇時唱歌自娛，其樂融融。

以往我大約每兩年回台，兒子成家後，我與外子每年回去，除了與親朋相聚外，逛書店、買書解鄉愁。在法國，光顧中餐廳外，在寫作中還鄉。雖然閱讀的資料和書籍是法文與英文，如何在眾多素材中，切題扼要以中文書寫，是我的寫作方式。通常一般人看書只看一遍，為了寫作，我數次閱讀，印象更深刻，思想十分明晰。在書上寫評論，以藍、紅原子筆劃出重要句子與段落。這些書籍皆是自購，20年前我家擴建就包括一間圖書館。

2017-2018年，我與高關中文友編輯『尋訪歐洲名人的蹤跡』，這是個可貴、辛苦、有趣的經驗。作者文體各有千秋，校稿與核對之後，文筆簡潔、避免太長段落、讓讀者一目了然，是一篇文章成功之處。地名與人名須附以原文，方便讀者查尋。

2017年華沙年會之後，勝梅與家結希望下屆會議能在里昂舉行，問我是否有興趣籌辦，可考慮一下。雖然沒太多職業經驗，但很樂意為歐華作協盡一點棉薄之力。2018年元月初開始找旅館、旅行社，餐館則選擇我們光顧過的中泰自助餐館及韓國烤肉店。本來曾考慮古城區一家法國餐廳，但最後一次一家五口去品嚐，覺得有點鹹，故不考慮。

旅遊景點Le Puy-en-Velay、Avignon、Pont du Gard、Nîmes、Les Baux-de-Provence、Aix-en-Provence、Oranges、Palais idéal，踏尋宗教勝地、古羅馬歷史遺跡、世界文物遺產、有特色的山城、薛瓦郵差實現個人夢想的勵志故事。

歐華作協一路走來已歷三十周年，十分感謝前輩趙淑俠大姐創會的理念。長江後浪推前浪，後起之秀繼續接棒，祝福歐華作協萬壽無疆，前途無量！

全球語境下的歐華寫作

方麗娜

2008年，我在歐華作協前會長俞力工先生的舉薦下，欣然加入歐華作協——這個擁有光榮傳統和文學高地的團體。也是那一年，歐華作協的雙年會在維也納舉行，來自歐華作協的文學前輩和歐洲諸國的作家文友，以及大陸學者、編輯老師等，以文學的名義在音樂之都維也納歡聚一堂。

彼時，我還是一個初寫作者，以自由散漫的筆觸寫了不少散文和隨筆，雖然期間也曾獲過幾次散文大獎，並由中國青年出版社推出散文集《遠方有詩意》，但以現在的眼光來重新審視，那些透著青澀與稚嫩的小文，抒情、唯美，甚至不乏自戀的痕跡。

轉瞬之間，十幾年過去了。在拼命汲取世界文學經典營養的基礎上，尤其2010年我從中國魯迅文學院作家高研班學習歸來，經過重新思考和沉澱之後，除了提升散文寫作的深度與品質，我還創作了一系列中短篇小說，陸續在中國大陸及港、台純文學雜誌，發表作品80多萬字。出版小說集和散文集共4部。近年來，我的小說不斷受到海內外專家學者如王紅旗、顏向紅、計紅芳、陳瑞琳、戴冠青、戴瑤琴等教授們的關注、研究和評論。2019年的中國央視海外華人欄目，就我的寫作進行了專題報導。

作為一個立足于歐洲的華文寫作者，歐華作協的文學前輩們，早就為我們樹立了燈塔般的標杆與參照，只有嘔心瀝血，不斷打造出高品質的文學作品，才能維護和堅守歐華文學的理念和光榮。東西方文化的浸潤，使得我在寫作中，筆觸和視角由跨國婚戀到文化衝撞，進而過渡到呈現和揭示，海內外底層女性的生存困境和情感困惑，以及不同國度與不同境遇之下人性的走向與裂變……這個世界向來是繁華與陰暗同在，溫暖與淒涼並存，無論東方還是西方。

我出生在中國河南，長期生活在奧地利維也納，用漢語進行文學創作。因此，我常常覺得自己面對三個世界：中國，奧地利，以及文學創作中的想像王國。這三個世界的落差、衝撞和糾結，構成寫作中的強大的推動力，並帶給我無限的遐想和可能性。根深蒂固的中國經驗、民族情懷以及故土情結，讓我帶著東方人的目光和中國傳統的審美參照；而長期深入歐洲生活的現實與經歷，又將西方思維和人文精神，不知不覺地融入到作品當中。遠觀故土，審視當下，從中發掘出一個個驚心動魄的故事，以及潛藏在人性深處的黑洞。透過人物的悲愴命運，和生命哲學意義上的探索，不斷發出詰問：當我們走向世界的時候，我們這個民族到底經歷了什麼？

法國作家奧利維埃・羅蘭曾說：「文學不是逃避世界的手段，相反的，它煉就了我們把握世界的精神。」世界每天都在改變，我也將進一步努力，在更廣闊的視域中冶煉和提升自己。除了貢獻獨特的個人經驗，生命感悟，還須不斷超越自我，走出地方的、民族的局限，從而更好地透視和把握現代文明進程中人性的走向和流變。

感恩的話語——寫在歐華作協三十周年

穆紫荊

我是2009年加入歐華作協的。那時候的會長是俞力工大哥。我的入會介紹人是謝盛友大哥。我入會後的感覺是文人相聚，親如一家。入會後，會員和文友們一起，或寫作、或編書都其樂融融，受到的扶持和鼓勵數不勝數。

首先是在幾次世界華文文學會議上遇見了我們的創會會長趙淑俠大姐。她不僅主動提出要和我留影，還搭著我的肩膀，親切地說很多鼓勵我的話，讓我內心非常深受激勵。其次是會裡的幾位大哥大姐們都鼓勵我出書。記得我第一次參加年會時，是在家裡由老公幫忙將自己的文章列印後裝訂成一個小冊子帶到會上去向大家做介紹的，後來我在第二次去參加年會時，和麥勝梅大姐同機，她非常關心我，鼓勵我出書。

但當時我面臨的困擾是在臺灣我沒有家，一生也很少有機會去臺灣，若書在臺灣出版，對我來說拿書送書都不方便。繁體字也會導致我的大陸親友們在閱讀上的不適應，再加之要將書全部運到德國或者大陸，又是一筆不小的支出。而另一方面我對大陸的出版系統也很陌生，感覺高不可攀。後來謝盛友大哥在2010年用自己在德國的華友出版社替我出了第一本書——散文集《又回伊甸》。讓我終於成為了一個有書之人，此大恩大德我一直銘記在心。並由此也衍生出了後來我自願幫忙打理布拉格文藝書局的出版業務的義務之心，為其他同樣感到出書難的來自大陸的海外文友們提供幫助。再後來，朱文輝和俞力工兩位大哥與大陸的微型小說學會建立起交流管道，隨著開會的增多，我與大陸文友、學者們的交流也增多了。2012年上海文藝出版社為我出了第二本短篇小說集《歸夢湖邊》。

再之後，隨著大陸的進一步改革和開放，曾做過本會六年副會長的李永華（老木）大哥為了出版他自己的書，在布拉格成立了一個出版機構，並在大陸尋找和建立起一條價格優惠，出版流程通暢，品質很好的出書管道。我參加第三次年會時，他向大家交流了自己的出書經驗，後來又看到了他於2015年所出的六本書，覺得很好。於是2016年到2019年間，我在老木大哥的布拉格文藝書局社以平均每年一本的速度，連續出了詩集《趟過如火的河流》、中篇小說集《情事》和長篇小說《活在納粹之後》又名《戰後》。與此同時，隨著大陸出版界的進一步開拓，我在大陸的出版物也多起來，除了每年榮登各種詩刊外，僅2019年就在大陸的不同出版社出了三本書：個人微型小說集《黑髮鸚鵡》，以及兩本合集《我的四十年》和《故鄉的雲》。

出生在大陸的我，對於自己的書能夠在大陸出版，自然是十分開心的。但是回顧一路走來的經歷，點點滴滴都是和我從協會中獲益以及文友間所受到的扶持分不開的。

所以，雖然在協會內部對如何發展作家與外界的互動共贏上，還存在各種分歧和局限，但是我對歐華作協的感恩始終是很深的。

走遍青山人未老，採摘豐果入行囊

高蓓明

我於2009年加入歐華作家協會，之前在歐洲的一些華人報紙期刊上發表過文章，我讀的是理工專業，沒有受過專業文學訓練，寫東西純粹出於情感抒發，就像一位我熟悉的著名作家所說：「不寫最累。把心裏的東西深掘發表後，人就變得輕鬆愉快。」

承蒙當年協會副會長謝友大哥的青睞提攜，介紹我加入歐華作協。進入作協後，發現這是個友愛溫暖的大家庭，團體內大家互相切磋交流技藝，成為關係密切的文友。正如協會章程所倡議：「以筆會友、相互切磋、提攜後進、培養新人、發揚中華文化。」一個團體總會自帶風格，若有異議人士進來，隨著時間的流淌，便會自然淘汰。入團以來，我在這裏沒有發現任何重大的人文風波。相反，社團內外結出果實纍纍。

加入協會之後，我參與了所有出書工作，只有《迤邐文林二十年》（2011）一書中無作品，這純屬例外。因為當時我想到，紀念冊容量有限，自己是後進，應當把空間讓給前輩。

從2010年7月起，協會幾乎每年都會出書，《對窗六百八十格》是一部關於微型小說的集作，我的五篇作品被收入、《歐洲不再是傳說》是關於旅遊類的書籍，《我們騎車去！》等三篇被收入、《東張西望，看歐洲家庭教育》有《滴水映藍天》等三篇、《歐洲綠生活》之《黑色煙煤下的重生》等三篇、《餐桌上的歐遊食光》之《德國北威州鐵三角的特色咖啡》等二篇、《尋訪歐洲名人的蹤跡》之《希爾登島與諾貝爾獎劇作家霍普特曼》等三篇，都被分別編入。

另外，歐華協會理事高關中老師的書籍《在歐洲呼喚世界——30位歐華作家的生命歷程》（續集）中，收入我寫的關於德國華人女作家洪莉的文章。

參加歐華作協，不僅有機會出書，且結識了一批同好，欣賞他人文章之餘，讓我潛下心來研究各人文字風格、文章結構、用詞的美麗、立意的獨到和深度，學各家之長。

其次，有了參加各種文學盛會的機遇，新友故知相會，面對面切磋交流。2009年我參加了維也納的歐華作協大會，2015年參加了巴賽隆納的歐華作協大會，2019年3月，參加了臺北的世界華文作家協會第十一屆代表大會。

其三，在協會出書過程中，得到許多文友熱心地幫助，銘記在心。協會前輩麥勝梅大姐、瑞士文學才女朱松瑜、德國好友穆紫荊，以及漢堡勤奮作家高關中先生，都給過我具體的指導。

當今正處在盛世，各種藝術形式遍地開花，各地文人相聚一堂，這歷史上少有的光景，讓我想起古人之傳統，當年去紹興時，專門拜訪王羲之同友人飲酒賦詩的蘭亭溪流，緬懷古人古風，深感自己的幸福，生於當今，周圍有一群同好環繞，同屬於一個大家庭，願歐華之生命旺盛，結出豐碩果實。

在歐羅巴遇伯樂

張琴

人生遇貴人已經傳奇，一生多次相遇，實在是命中註定，靈魂擺渡之外就是在文學路上，得到一些資深年長師長們呵護備至。1999年，世界華文作家協會徵文比賽，我在西班牙賽區獲得首獎。其間，結識了德高望重的媒體人莫索爾和杜新菊，在莫索爾先生的推薦下加入歐洲作家協會。第二年在希臘參加歐洲作家年會，認識一批真才實學值得尊重的良師益友——趙淑俠、俞力工、朱文輝、楊翠屏、麥勝梅、許家結、高關中等優秀作家。還有法國楊允達老師，他還是世界詩歌大會主席。

這是一個非常嚴謹的文學團隊，成員遍及歐洲各國，十多年來，每兩年聚會不僅讓會員擁有歸屬感，也讓作家不忘書寫的責任感。最重要的是，通過中西文化互動交流，向世界穿遞著人類命運共同體需求的正能量，我們瞭解世界，世界瞭解中國。2019年4月20日，藉助法國年會匯合各國文友，我提前從馬德里出發，歷經六個國家，近二十個大小城鎮，觀摩15個博物館，歐洲行程43天兩萬多公里，實現多年穿越歐洲大陸之行，近距離來到阿爾卑斯山，庇里牛斯山，親吻過無數江河湖濱。最終抵達里昂，與會大家歡聚一堂。

法國年會圓滿結束之後，我們從里昂到南部遊學采風，沿途所見所聞受益匪淺。當回到里昂，又圓個人願望，觀摩了微型電影博物館，追憶到電影人MG。CH生前留下的電影藝術。當天，巧合是國際電影人MG。CH的誕辰日。一生難得與電影世界對話，在持續五個小時，往返五層樓房，9個館區內，拍攝幾百張照片。遺憾的是，11月世界詩歌大會印度之行，手機丟失機場，所有影像蕩然無存。儘管如此，沒有歐洲作家協會本年度年會，就沒有我的歐洲大陸深度旅行，顯然沒有機會分享到里昂微型電影博物館，為全世界展示的電影史。更不能想像到電影藝術精湛的技術，從微觀到宏觀，簡直就是地球村所有物象的濃縮。無論高科技太空船，到一根針線再到衣食住行，無比讓人歎為觀之！

最後，值得一提的是，歐洲作家協會一直堅持出版文學書，小說散文隨筆達十多本著作，在世界華文創作歷史上都是享有榮譽的！

我常常想：如果沒有熱愛母語，就沒有一次機會參與作家協會，如果沒有參與就沒有伯樂，哪有今天的千里馬？我感到非常榮幸，能在中西文化（文學）道路自在行走！

寫作感想和彙報

倪娜

2012年5月在荷蘭召開的中西文學論壇會上，有緣結識現任會長麥勝梅大姐，感恩漢堡譚綠屏大姐舉薦，加入歐華作協；2013年6月首次參加柏林年會，結識文學長輩、文友白嗣宏、俞力工、謝盛友、黃鶴升、老木、穆紫荊、高蓓明等，大家以文會友，抱團取火，拜謝麥勝梅、高關中、朱文輝、朱頌瑜等誠摯約稿，作品得以入選《餐桌上的歐遊時光》、《寫在旅居歐洲時》、《尋訪歐洲名人的蹤跡》、德文版《孝Hsiao-Hsun》等書。

另有作品收錄合集：《我們這樣上中學》；《教育，還可以》；《翔鷺》；《心的旅程》；《中國新歸來詩人》；《處子》；《中國女性文化》；《2017年國際華文微詩選萃》；《天那邊的笛聲》、《且待薔薇紅遍》；《第二屆華語女子是個大展作品選集》；《2016年度精選集》；《和你一起慢慢變老》；《青春懸崖》；《第二屆國際高端論壇文集》；《我的40年叢書》；《一件平生親》；《呦呦鹿鳴》；《2019年海內外華語詩人自選集》；《牽手世界見證時代》；《唱大戲》微小說集；《當代閃小說點評本》；《中外漢徘》等；個人代表著《倪娜小說集——一步之遙》。

《信仰不是財富》榮獲2012年海外文軒作協優秀獎；《一

個德國人在中國的感慨》獲2013年《歐洲新報》優秀獎；《他的假日沒有她》獲2012-2013首屆世界華文微型小說三等獎；《母愛，你懂的》獲2014年漂母杯全球華文大賽優秀獎；《會給你一個答覆》獲2016年首屆全球華語閃小說大賽優秀獎；《旗袍》獲2016年全球華文徵文大賽三等獎；《我的笑容裡有你的影子》獲2016年新詩百年微型詩三十年大獎賽優秀獎；《星空續紛》獲2016年冊亨世界華語詩歌大賽優秀獎；《愛蓮說》獲2016年第二屆蓮花杯世界華文詩歌大獎賽優秀獎；《中山精神永遠前行》獲2016年中山杯世界華文詩歌大獎賽優秀獎；《與鳳山福地相約》獲2016年首屆鳳凰山杯全球華語大賽優秀獎；《到了國外以後》獲2017新西蘭世界華文賽《56個龍的圖騰》詩歌獎；《我和中山裝》2017年獲世界華語詩歌大賽詩歌三等獎；2017年被評為「中國新歸來詩人獎」；《在德國修牙》獲2018年仁和杯世界華文大賽小小說獎；《僑這四十年》榮獲2018年北京僑聯改革開放40年徵文大賽三等獎；《四十年走過的路》獲廣東省僑聯華僑華人與改革開放徵文二等獎、《與華人頭條結緣》獲華人頭條徵文大賽三等獎、《文學知音從追夢到圓夢》獲全國《知音》徵文大賽優勝獎、《人生如戲》2019年世界華語微型小說年度評選優秀獎。

發表作品的文學雜誌有：《小說界》、《紅杉林》、《文綜》、《香港文學》、《小小說時代》、《淮河文藝》、《紅豆》、《華夏》、《微型小說月報》等。

給文友作傳，為協會編書

高關中

我們歐華作協是一個文學大家庭，大家在一起開年會，寫文集，促進了會員們的寫作，我自己就受益良多。

2013年在馬來西亞舉行的世華作家代表大會期間。我第一次見到了歐華作協的創會會長、著名作家趙淑俠大姐。大姐平易近人，早餐時與幾位文友一起聊天。她語重心長地對大家說，歐華作協成立20多年了，運作得不錯，最好能把這段歷史記錄下來，如寫成歐華文學史，給後人留下一些資料，這是很有意義的。

當我聽到趙大姐的這番叮囑時，很有感觸。自己作為會員，應該為協會出力做點什麼，加磚添瓦也好。我自己偏重于史地和人物寫作，可以從寫小傳開始啊！先寫比較熟悉的文友，譚綠屏大姐是我的入會介紹人，我寫出《畫壇文壇常青樹》，發往《歐洲新報》刊登了。這就是小傳系列的第一篇。

馬來西亞文會結束後，我們十幾位歐華文友又參加了世界詩人大會，兩周時間，朝夕相處，比較熟悉了。感謝麥勝梅、許家結夫婦和黃鶴昇文友的支持，又寫出兩篇。這樣總共有了三篇樣稿，以「拋磚引玉的想法」為題，發到協會公共信箱裡。寫小傳的想法得到了更多文友的回應。很多人發來了資料、照片和作品。池元蓮大姐還把為族譜所寫的資料都發過來。趙大姐也發來郵件鼓勵。

文友們信任我，我也決不能辜負大家的信任，撰寫的時候牢牢把握以下原則：把個人家庭的命運與歷史的大環境聯繫起來，介紹人生的主要軌跡，文學道路和成就，在歐華協會的活動，突出每個人的亮點。寫好後一定要經過本人審閱修改，才能發表。

就這樣一路走來，完成了30人的小傳，這是會員們共同努力合作的結果。試想一下，沒有文友支援提供材料，敞開心扉交流，寫小傳就是無米之炊，不可能做下去。

寫成後將30位作家的傳記編輯成書，300多頁，2014年由秀威公司出版，這就是《寫在旅居歐洲時——三十位歐華作家的生命歷程》。

隨後幾年繼續努力，2018年續集《在歐洲呼喚世界——三十位歐華作家的生命記事》也得以出版，同樣寫了30位作家。並整理出40人的簡介。兩書記載了歐華作協所有會員的資料（截至2017年）。這是當下關於歐華作協比較詳細的一個作家資料彙集。

前幾本傳記寫的是海內外華人，筆者還想編寫一本關於外國人物的傳記。又是歐華作協提供了一個機會。2017年協會決定發揮會員分佈在在歐洲十幾個國家，懂外語，熟悉各國情況的優勢，集思廣益，出版一本介紹歐洲名人的作品集。推舉我和楊翠屏博士擔任主編。

說幹就幹，華沙年會後，我們兩位主編和麥勝梅會長、林凱瑜秘書長共同商定了本書的大體設想，也就是框架，由協會秘書處向全體會友發佈了徵文郵件。

第一個環節是報選題，進行得非常順利，2017年6月中旬發出通知，到7月底就已有30多位文友報來50多個選題，進入視野的歐洲名人分佈地域廣，且涉及各個領域。下一個環節是組稿。

截稿日期定為2017年12月底，大家都很踴躍，幾乎不用催，最後收到47份稿件（不包括主編）。稿件收齊，就進入了第三個環節編輯環節，我們兩位主編通力合作，主要做了以下的工作：

一是根據來稿，綜合平衡，填平補齊，根據需要補寫幾篇，分類、排序，做出本書的底本。二是認真閱讀稿件，進行加工整理，對所寫的名人的全名、生卒年份、基本事實要核對把關，不能有大的失誤，對主要人名、地名等要附上原文或英文，以便讀者查詢。對有些太長的文章適當剪裁，並對一些稿件略加潤色。三是根據文字要求選配一些照片，做到圖文並茂。

就這樣，經過多半年的努力，一部完整的書稿呈現在我們面前。2018年9月《尋訪歐洲名人的蹤跡》在臺灣秀威公司出版。

一位新人看歐華作協

青峰

記得第一次聽到歐華作協，是從家父那裏。當時家父一方面以台灣中央社駐巴黎特派員身份報導歐華作協的成立，另一方面也以歐洲華人作家及歐華作協創始會員的身份，協助作協的成立及早期的運作。那時就瞭解到，有一批有理想又充滿熱情的歐洲華文作家，同心協力，創辦協會，旨在促進歐洲華語作家之間的交流，及弘揚華文作家在歐洲的地位。可是自己當時年輕，正忙著剛開始的工作生活，又沒有寫作，所以這一切都顯得特別遙遠。

轉眼二十五年後，足跡走遍世界，經歷過人生和事業上各種錘煉，我又重新拿起筆來，嘗試透過少年時熱愛的詩歌及寫作來尋找另一個自己。家父來瑞士探望我們時特別介紹了他老友及曾任多年歐華作協會長的朱文輝先生。在朱大哥大力推薦之下，我於2016年加入歐華作協，真正開始認識作協及文友們。

寫作是一個很孤獨的行為。每天一個人關在房間裏，坐在電腦前，一下子大半天，有時一整天。嚴重時廢寢忘食，完全沉醉在自己創作的世界裏。好不容易吃飯或睡覺時，還在自言自語琢磨著情節及主人翁怎麼演變。我很敬佩作家的太太或先生們，能夠容忍一位一天到晚「人在心不在」的伴侶。而歐華作協能讓我們這些平時孤獨的人，每兩年一次大會時，聚集在一起，透過幾天的精彩交流和互動，充足了電，繼續創作。作家的另外一半們，也透過幾天互吐苦水，交換秘方，有了回家繼續容忍和對付我們這些作家的勇氣。

我覺得特別可貴的是，歐華作協一直保持著中小規模。大會時，很容易就認識大部分的文友，像是加入了一個大家庭。雖然每一位文友都不同，有的還在尋找，有的已有明顯風格，有的成名，有的尚未，但是每個人都保持了一顆赤子之心，熱愛文學，熱愛寫作。我最怕但也最受鼓勵的時候，是每年年底，謝盛友謝大哥來向文友們索取年終成績單時。我這位「少產」新人，每年看到文友們個個碩果纍纍，就倍感慚愧，只好發奮圖強，鞭策自已來年一定要多加油。

文人是生活在時代裏的，而我們的時代面臨了空前的挑戰。無論是氣候變化，新型病毒，新科技對社會的衝擊，數據化把人生節奏的加快，資訊爆炸，貧富差距不斷擴大，這些都是極度艱巨課題，使大多數人們迷失了方向。我覺得我們文人有責任用我們的創作指點出一些不同的道路，讓自己和人們找回什麼是感情，愛情和人性。我希望歐華作協可以幫助我們大家一起開闢這些道路。

《蕭邦故居之遊》——第一次參加歐華作協年會隨感

夏青青

我在2017年加入歐華作協，同年第一次參加歐華作協年會，來到波蘭度過愉快一周。回首行程，最難忘的是參觀蕭邦故居那天。

那是環游波蘭觀光采風的最後一天，我們在藝術氣息濃厚的小鎮卡奇米日多爾尼用過午飯後，出發前往蕭邦故居熱拉佐瓦沃拉。

午後，坐在平穩行駛的大巴內，我繼續閱讀文友穆紫荊大姐的微型小說集《歸夢湖邊》。穆紫荊大姐是神交已久初次見面的文友，非常喜歡她的微小說，零星在《歐華導報》閱讀很不過癮，這次見面感謝她惠贈文集，途中即展卷閱讀，暢快淋漓。

大巴平穩行駛，時間悄悄溜走。不知過了多久，突然一個聲音響起，「現在我們再請高關中老師給我們補補課，好嗎？」那是剛剛卸任的會長郭鳳西大姐在主持助興節目發出邀請，大家紛紛熱烈鼓掌。高關中老師走到大巴前面，接過話筒，拉開話題。

我對高關中老師聞名已久，他的風土遊記、歐華作家小傳，給讀者留下深刻印象。一邊聽高老師演講，一邊依次想起一路上認識的文友們。行前曾經聯繫過的麥勝梅大姐，新任歐華作協會長，低調樸素，遇事不慌不忙，沉穩中見風采。卸任會長郭鳳西大姐，不愧是出身眷村的將門虎女，快言快語爽朗果斷。八十年代即通過《西德僑報》認識的譚綠屏大姐，是歐洲文壇能畫能寫的常青樹，全身散發書香的詩人翻譯家岩子姐姐，喜歡攝影善於捕捉鏡頭的雨欣姐姐……多人值得認識，值得深交，值得學習了。

這是我第一次參加歐洲華人作家的活動，因為工作和家事忙碌，行前沒來得及細看與會者名單，在波蘭才得知很多與會者是遠道而來，有來自北美、南美、非洲的當地作協代表，有來自臺灣的文友，更有來自大陸的一群學者，真是文人薈萃學者雲集。

觀光途中逐漸認識瞭解，隊友中既有王克難大姐、石麗東大姐、姚嘉為大姐、申清芬大姐這樣年長的前輩，也有年富力強力挑一方作協的林美君、彭南林等人。幾天行車途中多次聽到演講，北美作協總會長吳宗錦大哥，洛杉磯作協會長彭南林，紐約的周勵大姐等先後發言。這其中每一位都有自己的傳奇故事，周勵大姐就是《曼哈頓的中國女人》的作者，曾多次到南極探險；彭南林是雲南的少數民族，多才多藝，途中多次為大家獻唱。

這樣一群人，常年在海外打拼，大多在海外生活已久，為什麼我們對早已遠離的故土故鄉念念不忘，為什麼對中文這麼執著呢？一邊聽大家說唱談笑發表感言，一邊我暗問自己。

不知不覺蕭邦故居到了，匆匆看過故居，我在更加吸引我的故居公園漫步徜徉。

蕭邦通常被認為是波蘭人，可是他母親固然是波蘭人，父親卻是法國人，按照我們東方人的血緣傳統看，他更可能被認為是法國人。蕭邦多病，青年時代到法國療養，臨行前他的朋友們送給他一杯故鄉的泥土，讓故鄉的土地在國外陪伴他。文弱的蕭邦在他鄉目睹戰火在故鄉燃燒，可是他深信波蘭不會滅亡，他用音樂代替槍炮，激勵更多的人前赴後繼地抗爭，波蘭終得複國。

可惜蕭邦沒能親眼見到波蘭複國，留下遺囑要把故鄉的泥土和他一起埋葬，而他的心臟要回到波蘭。這個願望後來實現了，蕭邦的心臟被埋葬在華沙的聖十字教堂。一杯故鄉的泥土，陪伴遊子漂泊異鄉長眠異鄉。一顆遊子的紅心，歷經波折衝破藩籬終回故土安息。這，是怎樣的故土之愛呢？

沉思間猛聽得一個聲音叫我，抬起頭來，同行的文友們正向我走來。這也是一群遠離故土的人，文字就是他們帶在身邊的故鄉的「泥土」，文學就是他們彈奏的音樂。在海外，在他鄉，故鄉的文字帶給他們安慰，帶給他們希望，帶給他們故鄉的氣息，而他們用文字抒發對故鄉的愛，沉湎文字神歸故鄉。

我微笑著迎頭走過去，走向前，加入他們。

一點體會

黃正平

三十年前，我從上海來到日內瓦大學攻讀學位，有機會接觸到大量我們所熟悉的文豪、大師和其他一些名人的資料。其中除了學術性的，很多都是他們生活上的故事和細節，這是我在國內時所看不到的。

瑞士又是一個特殊的地方，天下文人騷客都喜歡來此一遊，有的就乾脆住下，把瑞士當成了世外桃源和第二祖國。他們以瑞士為主題的各種記敘和評論非常豐富，而當地關於他們的記載也車載斗量，至於他們留下的各種「足跡」更是隨處可見，這些使我有了一種生活在他們旁邊的感覺。他們對我來說就不再是一些陌生人或是高不可攀的偶像，而是像在日常交往中伸手可及的、有血有肉的朋友。

這種近水樓臺加身臨其境，是一個難得的資源，不把它開發出來自己感到會很遺憾，於是就產生了把這些寫成文字的願望。我首先在《華夏文摘》網站發了幾篇，網友的反應還相當熱烈，比如關於雨果的故事讀者的留言和討論達到兩千多條。若干年後，漸漸寫成了二十來篇，其中包括歌德、拜倫、巴爾扎克、大仲馬、沙特、瓦格納、蕭邦等人在瑞士的各種經歷和故事。之後和上海一家出版社聯繫後，於2014年順利出版，取名《情迷瑞士》。

在閱讀大量材料的過程中，我的最大感受是，這些名人雖然偉大，但在生活中也有著和我們普通人一樣的行為動作和喜怒哀樂，而這些恰恰是今天多元化社會的讀者所需要知道的。因此我在寫作中對自己的告誡是：盡可能地把他們作為可以肯定也可以批評，可以揶揄也可以質疑的普通人，而不是高大的完人。這樣的寫作避免了一些沉重感，對自己來說也是一種樂趣和享受。

書出版後不久，我一位大學同學向我介紹與蘇黎世的朱文輝兄相識，我把書寄了給他，得到他的熱情鼓勵，同時還把我推薦給了歐華作家協會。2015年，我有幸成為了該作協的一員，從此我有了寫作生涯中又一個新的大家庭。

就聊聊我的小小臺灣情結罷

岩子

歐華作協早有耳聞，然從未有過半點非份之想，原因簡單得不能再簡單，因為自己不是。一個文學市場邊緣擺小攤兒的，怎麼能夠？故而，曾婉言謝卻過幾回熱心的邀請。

但，若矢口否認自己沒有作家夢，沒有為之動心絲毫，那也是不誠實的，尤其是面對著一家由一名蜚聲海內外、《賽金花》的著作者締造的臺灣文學團體。

由來已久，我對臺灣作家，確切地說，對他們的作品，有一種莫名的親近感。

早先的三毛自是毋庸贅言。另有柏楊。上世紀八十年代流傳到大陸的那本《醜陋的中國人》，火山爆發似地釋放了我鬱積在心中多年的憂憤，以至於出國後，新買了一部精裝本專為珍藏。

亦曾被問及，誰是你最喜歡的詩人，我脫口而出，席慕容。後來，又接觸到張曉風，余光中，白先勇，龍應台等等，可謂愛不釋手。湊巧的是，他們大多不無留洋的背景。

對了，還有幾米和朱德庸，我將兩位沉甸甸的畫冊萬里迢迢背回歐洲，在書架上沉靜了經年，而今又活靈活現起來。不久前，三歲的小外孫來訪，每每熄燈前同他流覽幾頁。小傢伙看得津津有味，那神情，已然是漫畫裡活寶們的親密夥伴。

對不起，扯遠了，言歸正題。雖說我的會齡只有短短三年，但不少文友之前稱得上耳熟能詳。來自大陸的暫且不論，譬如我們的現任會長麥勝梅，與她反復邂逅在初版和再版的《小鎮德國》一書中。俞力工先生發表在《歐華導報》前身的政論文是我每每的必讀。郭琛先生則十年前就與他零距離暢談德語和詩歌過。而他們給我的感覺，大致也是華沙和里昂兩次年會上臺灣文友們留下的印象：談吐慢語輕聲，舉手投足溫文得體，仿佛「民國最後一才女」張充和先生的書法，即便是草書也是那般的氣定神閑，端莊和溫柔——一種深入到骨髓的涵養，那是我，或我等經過「革命暴風雨洗禮」的大陸人學也學不回來的中華傳統和修為。

讓你無法視而不見的是協會裡的幾對連理，一總形影相隨，恩恩愛愛，一生只愛你一個的模樣。去歲在里昂，有幸受「老乾媽」王克難大姐盛情之邀，見識了一番大名鼎鼎的Brasserie Le Sud，也不期而遇地領略了一番青峰夫婦暖心的照顧和學識，以至於那頓晚餐成為我味蕾和精神都難以忘懷的一次高級享受。

如果沒有記錯的話，在克拉考那天正好坐在勝梅和家結大哥後邊。下午集合時，不巧遭遇了一場瓢潑大雨，車上清點人數時發現丟了一位。勝梅與家結大哥不得不冒雨返回市中心找人。那段路往返大約要半小時左右吧。謝天謝地，落隊的文友被順利地找到了。只見他倆不動聲色地回到自己的座位，想必是我有所共情吧，遞過一瓶礦泉水，家結大哥沒多客氣就收下了，僅說了句：嗯，這瓶水要的！遂想，換了我，能夠如此冷靜麼？

丘彥明和唐效伉儷，是我心目中一道無法忽略的靚麗風景。儘管被告知，男方是大陸人，可下一回依然會忘記，被我！忍不住偷拍了他們倆。有一張偷拍，在波蘭，太太太美！只可恨，不小心點錯了鍵，相冊裡一片空白。然而，那一眼，那一瞬間，永遠地銘刻在我的記憶深處。倘若兩岸關係有朝一日亦能如此這般琴瑟和鳴相依相知那該有多好啊！

寫作和心靈沉澱

郭琛

由於父執輩都任職於台灣的新聞界，父親是聯合報新竹特派記者、二伯是竹東記者、小叔是國語日報新竹社長兼記者，大伯父更是聯合報新竹分社長與新竹詩人協會的會長。說到此，正因為外公也是詩人協會的資深台柱，才把各自的弟弟與女兒送作堆，父母才得以締結良緣。父親的書房三面牆是書架，雜誌中的少數文章剪下後，大多每一陣子就與報紙載去賣掉換錢，家中算是家有書香，同學在補數學時，我們小學時在補作文，我在小學還代表過學校參加了全國的作文比賽，得了五年級組的第三名。只是中學時喜歡理化數學，反而不喜歡需背誦記憶的古文，寫作的作業也是敷衍了事。直到近花甲之年，才開始動筆把自己的經驗心得寫下來。開始下筆的苦惱，便是基本的中文詞彙大多生疏了，不是忘記就是寫錯，還好平日涉獵不同領域有大量閱讀，且資料在收集後也做些分析、整理，寫作內容是標準工科男的文筆，類似報導文學，堅持邏輯，平衡報導。

從小到目前還保持大量看書的習慣，所以寫作大多可由讀後心得中整理，這比較像上課的筆記整理，只是筆記給自己看而已，而寫文章就是把其中的邏輯、事件時序理順。由於喜歡看各種議題的書籍、文章，看完就想會寫下自己的看法，2010年退休後開始整理消化，近十年來發表上百篇有關經濟、政治、心靈修行方面的文章，大部分發表在德國的華商報、歐華導報與台灣的東森新聞網。曾經陸續有好幾個單位來邀寫專欄，但都指定在政治議題上，並希望能立即評論時事新聞與熱門話題，自認無此功力最終都不敢接。政治不管開始的理想為何，任何階段都是與現實妥協，帶有缺陷是必然的，所以寫政治方面的文章很容易，若是立場分明且攻擊性強，則必然有死忠粉絲集結，奇怪的是越偏執越快成氣候，到最後常只見立場而不顧真實。

政治呈現的是人性「形而下」之器，都是短暫而妥協的，我退休後更是喜歡探索人性「形而上」之道，試著尋找人性的理想境界。所以每年都想看到自己的心得，學習禪宗裡參話頭的修行，寫些心靈方面的文章，答案不一定到位，修行的工夫卻能更熟練了，過程還能使心中無雜念，感受一份清淨安穩，倒不求明心見性的境界，只求迷處開悟的法喜。

幾年前看到一位名導演說，製作世俗電影是為了餬口，甚至為了賺錢能拍下一片純藝術的電影。我寫作各種文章是為了找到不同的讀者，算是為了寫好下一篇心靈文章做準備。

歐華作協的三十而立

李筱筠

感謝同為歐洲華文作家協會會員顏敏如和高麗娟女士，於2018年秋季推薦我加入作協。承蒙理事會厚愛，於冬季正式加入，能與歐洲華語文學同好一齊探索文學世界的奧妙，分享文學創作的果實。

入會後隔年五月參加兩年一度在法國里昂舉辦的雙年會。以新人身分出席，認識許多歐華作協前輩，文友很親切溫暖，仿若鄰家大姐大哥。然而一走進他們的文字世界，才驚嘆別有洞天。文字，折射出的是一個人的內心世界、生命經歷、人生體悟，又大家都能以文學筆法，將現實世界美學化，使文字能傳遞真誠與美感。

2021年歐華作協即將邁入創會第三十年。以人類發展角度來看，即三十而立。立，不僅在於獨立自主或頂天立地，更在於是否能確立價值觀與精神氣質。對一個文學創作團體而言，立，便是元老級文友對協會的精神支持，負責傳承工作；中生代文友大量創作，釋出活力；新進會員儘量嘗試，勇於摸索，發表佳作。立，從字的架構來看，上中下層的筆畫因有著明確的相對位置，才能直立起來，不正好對應三生代作協會員彼此的相對角色？

我於2012年在台出版旅遊指南《瑞士玩全指南》，再版兩次。然而真正的文學寫作要從2014年開始算起。在此之前已與四位歐華作協會員有過交流：旅居瑞士的敏如姐、朱文輝（余心樂）大哥、世宜，以及旅居土耳其的麗娟姐。四人的文學創作，烙印個人特質，各有千秋。

初識敏如姐，她正擔任瑞士僑訊主編，已出版《此時此刻我不在》。她極度專注、認真、負責的寫作態度，讓我印象深刻。拜讀她的小說《拜訪壞人——一個文學人的時事傳說》、《英雄不在家》、《焦慮的開羅》和散見文章，更對她把此生奉獻給文學創作的精神欽佩不已。

世宜的文筆真誠、細膩且溫暖。天性爛漫、知性與感性兼備、個性質樸敦厚，加上天主教徒的慈悲，使她的文字總能流露出濃厚的人道關懷與人性光輝。而她本人則具大智若愚的氣質。她這幾年在臉書上的文字書寫，則不斷觸動頻率相近者的心靈。

透過世宜，認識遠居土耳其安卡拉的麗娟姐。善解人意的她，洞察人性的能力，能從她的傳記《從覺民到覺醒——開花的猶大》窺知一二。當初遠走高飛，前往歐亞交會的土耳其，在多重文化衝擊下，加上遊子異鄉打拼的辛酸，麗娟姐不僅成了有故事的人，也是一個會說故事的人。

朱文輝大哥，筆名余心樂，古道熱腸、俠義柔情，是位名副其實的華語偵探小說家。從高中時期走上文學創作之路，時至今日七十好幾的他依然筆耕不輟，此等堅持與精神值得後輩晚生學習。他的偵探小說《命案的版本》的中德版一直被我收藏著。十幾年過去，小說的象徵意義勝過書本內容，因它代表一位偵探文學熱愛者的探索、實驗與創作精神。

這四位會員和其他會員是使作協三十而立的唯一理由。期待作協能邁向另一個三十年，順利進入六十而不惑的智慧之境。

聞名而來，如願以償記我與歐華作協的淵源

恩麗

作為一個文學愛好者，每個人都有自己喜歡的作家，作為一個海外寫作者，當然關注最多的還是海外的作家，記得當我開始關注海外作家時，特別關注的是歐洲的海外作家，那麼趙淑俠就進入了我的視野，她的那本《賽金花》我讀了以後，被她的家國情懷所感動，這位瑞士籍的華裔女作家，還很致力於文化的交流，30年前就在歐洲創建了歐洲華文作家協會，作為一個後生歐洲華文寫作者，當然，很想參加到這個協會裡去，能和歐洲的華文文友們學習交流，提高自己的寫作水準該有多好呀。

我知道，想加入作家協會，首先必須要努力寫出作品出來，並且還要爭取寫出好作品，我總是在努力著。

從2008年，開始在德國華文報刊上發表文章以後，我總是希望自己能寫出優秀作品，到了2017年小說散文集《永遠的漂泊》出版後，我總是希望能有機會進入歐洲華文作家協會。

我從2016年開始嘗試寫詩歌，在寫詩歌的路上遇到了詩歌翻譯岩子（趙岩），在文友穆紫荊的詩歌群裡，遇到了歐洲華文作家協會現任會長麥勝梅，她不但散文寫得好，她的遊記成為臺灣中小學生優良課外讀物，而且，詩歌寫的也很有意境，並且還能

翻譯詩歌，很仰慕，2019在文友岩子和穆紫荊的介紹下，加入了歐洲華人作家協會，同年五月，參加了協會在法國里昂的年會。

在年會的準備階段，會議組織者就已經開始安排交通住宿等細緻的工作了，我和文友楊悅被相約同機到達里昂機場，在機場我們再等從波蘭來的秘書長林凱瑜，計畫我們仨再同車搭出租，當我們在機場等到林凱瑜時，雖然，我們不曾認識，但是，我們親熱的像見到了老朋友一樣。

剛剛來到酒店，在酒店的大廳，新朋老友大家相見格外高興，這個時候就聽到有人在叫我名字，我感到很吃驚，這個人我根本不認識呀？經過交流才知道，她本來是應該和我們搭一輛計程車的，後來因為飛機時間和另外的一位文友更接近，所以和另外的文友搭車了。可是，她忘不了在最初的搭車名單上的我們幾位文友。原來，這位是從大洋彼岸美國來的老文友一王克難，她不僅是著作等身，而且為人熱情喜歡做善事，喜捐贈。盡管她已經80多歲了，可還是那麼地精神飽滿。她使我感到非常親切，進一步地交談，原　王克難還是我的老鄉呢，她的父親原來是國民政府官員，從小在金陵長大上學後去了臺灣，現在在美國定居。那天晚上，我們和克難老鄉在副秘書長青峰夫婦的建議和帶領下，去了里昂的三星米其林，這一經歷載入了我們的史冊，使我們終身難忘。

在里昂見到了久聞大名的麥會長，會長模範夫婦的樣子令人羨慕。在里昂結識了很多文友，和大家在一起交流受益匪淺，參加歐洲華文作家協會，與我是在寫作的路上，又上了一個新臺階，我還必須向其他的文友們學習，還必須再努力。

作為新會員，我還沒有為協會做貢獻，但是，我願意在今後的路上，為協會添磚加瓦，為文友多多服務。

附錄：
歐洲華文作家協會年表

歐洲華文作家協會第一屆年會暨研討會

創會會長：趙淑俠（1991-1993年）

副會長：呂大明、眭澔平

秘書長：柯國淳

副秘書長：朱文輝

年會日期地點：1991年3月15-17日，法國巴黎

歐華作協是歐洲第一個全歐性的華文文學組織，創會會員共64人。共襄盛會的文友來自瑞士、法國、德國、奧地利、英國、比利時等12個國家地區。

與會貴賓有：亞洲華文作家協會祕書長符兆祥先生、中華文化復興總會祕書長黃石城先生、台灣聯合報副刊主編瘂弦、和中央日報副刊主編梅新、電視廣播主持人和散文家眭澔平、雜誌主編王家鳳、作家孫步霏、鄭寶娟等。

創會會長趙淑俠在巴黎僑教中心的禮堂開幕會場上，發表演講《一棵小樹》。

第二天《歐洲日報》和臺北《聯合報・副刊》以全版給大會和歐華作協文友出專輯。

歐洲華文作家協會第二屆年會暨研討會

會長：趙淑俠（1993-1996年）

副會長：呂大明、祖慰

秘書長：柯國淳

副秘書長：朱文輝

日期地點：1993年7月16-18日，瑞士伯恩

歐華作協與瑞士蘇黎世大學中文系聯合舉辦「歐華文學學術研討會」

籌辦人：副秘書長朱文輝

貴賓致詞：

世華作協總會符秘書長兆祥、瑞士蘇黎世大學東亞研究所學者Roland Altenburger先生、瑞士著名作家Serge Ehrensperger先生、Katharina von Arx女士、Eveline Hasler女士、Doris Flueck女士、及西班牙詩人Antonio Porpetta先生等人。

出席會員計有：陳朝寶（畫家）、柯國淳、祖慰和池元蓮等二十多位歐華作家與會。

歐洲華文作家協會第三屆年會暨研討會

會長：朱文輝（1996-1999年）

副會長：呂大明、祖慰

秘書長：王雙秀

副秘書長：俞力工

出版文集：《歐羅巴的編鐘協奏》趙淑俠等著，中國華僑出版社 1998

第三屆年會日期地點：1996年6月28-30日，德國漢堡

籌辦人：秘書長王雙秀

歐華作協、佛光大學和漢堡大學漢學系聯合主辦「歐洲華文文學學術研討會」

專題演講：

龔鵬程教授主講《佛教與文學》

李正治教授主講《台灣地區文學研究理論之探索》

蘇黎世大學漢學系教授勝雅律主講《智謀新典》

馬漢茂教授主講《台灣社會之變化與後現代主義的文學批評》。

歐洲華文作家協會第四屆年會暨研討會

會長：朱文輝（1999-2002年）
副會長：呂大明、祖慰
秘書長：王雙秀
副秘書長：俞力工

第四屆年會日期地點：1999年8月27-30日，奧地利維也納
籌辦人：副秘書長俞力工
出席貴賓計有：符兆祥先生和黃石城先生
專題演講：
Prof. Dr. Herra：哥斯達黎加駐德國大使兼作家，主講《以文化為導向的哲學思想》
蕭麗紅：名小說家，主講《我與白水湖春夢》
俞若淵：香港珠海大學新聞系主任，主講《香港回歸後之新聞現況》
方梓：中華日報副刊主編，主講《台灣副刊現狀》
鄭如晴：國語日報主編，主講《小說創作要點》
黃貝嶺：詩人兼傾向雜誌創辦人，主講《大陸海外流亡作家之創作現況》
錢建軍：主講《網路文學》

歐洲華文作家協會第五屆年會暨研討會

會長：莫索爾（2002-2004年）　　**副會長**：朱文輝，俞力工
秘書長：郭鳳西　　**副秘書長**：麥勝梅
出版文集：《歐洲華文作家文選》麥勝梅主編，歐洲華文作家協會出版，2004年

第五屆年會日期地點：2002年5月3-5日，瑞士蘇黎世
籌辦人：副會長朱文輝
貴賓致詞：
蘇黎士大學校長Prof. Dr. Hans Weder教授代表該大學致歡迎詞
蘇黎世大學東亞研究所所長兼中文系系主任Prof. Dr. Robert Gassman教授致詞
世華秘書長符兆祥先生致詞
中華民國駐瑞士代表處黃大使允哲先生致詞
「世界日報」社長馬克任先生致詞
「世界詩人大會」秘書長楊允達先生致詞
專題演講：
副秘書長俞力工，專題演講《政論書寫的情語境》
副會長莫索爾，專題演講《新聞寫作》
佛光大學龔校長鵬程，專題演講《華人文學與華文文學》
由蘇黎世大學漢學系Dr. Roland Altenburger主持，施淑青、李昂女士談文學經驗及理念交流座談
丘彥明女士，主講《由台北到荷蘭的藝文旅程》

歐洲華文作家協會第六屆年會暨研討會

會長：俞力工（2004-2007年）

副會長：朱文輝、張筱雲、丘彥明、謝盛友、李永華

秘書長：郭鳳西

副秘書長：麥勝梅

第六屆年會日期地點：2004年5月28-30日，匈牙利布達佩斯

籌辦人：俞力工

研討會主題：「散文寫作面面觀」

專題演講：

呂大明主講《感性散文文字之美與意境》

俞力工主講《評論寫作之訣竅》

麥勝梅主講《旅遊寫作經驗談》

顏敏如主講《翻譯的挑戰》

歐洲華文作家協會第七屆年會暨研討會

會長：俞力工（2007-2009年）
副會長：朱文輝、丘彥明、李永華
秘書長：郭鳳西
副秘書長：麥勝梅

第七屆年會日期地點：2007年5月25-28日，捷克布拉格
籌辦人：俞力工、李永華、郭鳳西、麥勝梅
出版文集：《在歐洲天空下：旅歐華文作家文選》丘彥明主編，九歌出版社2008年7月
專題演講：
漢學家烏金女士主講《中捷文化交流的成果》
趙淑俠主講《歐洲的華文作家現況比喻為沙漠中之綠洲》
丘秀芷主講《台灣文藝界近年來現象》
顏敏如主講《新聞體裁書寫與文學創作的互動性》
周芬娜主講《美食典故與寫作之道》
吳玲瑤主講《寫作甘苦談》

歐洲華文作家協會第八屆年會暨研討會

會長：俞力工（2009-2011）
副會長：朱文輝、張筱雲、丘彥明、謝盛友、李永華
秘書長：郭鳳西
副秘書長：麥勝梅
出版文集：
《對窗六百八十格》上下冊黃雨欣、黃世宜主編；秀威出版社2010年07月
《東張西望：看歐洲家庭教育》謝盛友、穆紫荊主編；秀威出版社2011年6月
《歐洲不再是傳說》麥勝梅、王雙秀主編；秀威出版社2011年11月
《迤邐文林二十年》白嗣宏、顏敏如、穆紫荊等編輯；秀威出版社2011年11月

第八屆年會日期地點：2009年5月22-24日，奧地利維也納
籌辦人：俞力工
貴賓致詞：
世詩會會長楊允達先生致詞。
作家施叔青（2008年獲國家文藝獎）主講如何完成《臺灣三部曲》，並表示小說創作必須先思考要寫些什麼和其時間的定位，先觀察所在社會的情況然後才選擇主題。
澳大利亞華文作協榮譽會長何與懷致詞。
中國大陸作家淩鼎年、冰峰和主編謝錦致詞。

歐洲華文作家協會第九屆年會暨研討會

會長：朱文輝（2011-2013年）

副會長：謝盛友、丘彥明

秘書長：郭鳳西

副秘書長：麥勝梅

出版文集：《歐洲綠生活：向歐洲學習過節能、減碳、廢核的日子》穆紫荊主編；秀威釀出版社2013年6月

第九屆年會日期地點：2011年5月13-15日，希臘雅典

籌辦人：俞力工

會場定在港口碼頭附近的東方明珠餐廳開會，會議盡求簡單迅速與不拘形式。

下榻於Emmantina四星級旅館，位於機場與雅典之間的海邊，共37人與會，美國貴賓4人參加，這次會議以輕鬆自在的心情舉行，5月13日報到，晚餐是副會長朱文輝賢伉儷，補請喜酒，品嘗希腊嘉餚。

歐洲華文作家協會第十屆年會暨研討會

會長：郭鳳西（2013-2015年）
副會長：謝盛友、李永華
秘書長：麥勝梅
副秘書長：穆紫荊、黃雨欣

第十屆年會日期地點：2013年5月24-26日，德國柏林
籌辦人：朱文輝、郭鳳西、麥勝梅、于采薇、黃雨欣
會長朱文輝致歡迎詞，歡迎北美華文作家協會和南加州作協會會長趙俊邁、吳宗錦、蓬丹、香港浸會大學葛亮助理教授、大陸作家網總編趙智等人。
貴賓致詞：臺灣駐柏林代表處的魏武練代表致辭，世界詩人大會主席兼歐華作協元老楊允達致辭。
專題演講：
施叔青主講《主流之外華文作家的書寫》
嚴歌苓主講《寫作體會》

歐洲華文作家協會第十一屆年會暨研討會

會長：郭鳳西（2015-2017年）　　**副會長**：謝盛友、黃雨欣

秘書長：麥勝梅　　**副秘書長**：穆紫荊

出版文集：《餐桌上的歐遊食光》麥勝梅主編，2016年11月，秀威，釀出版社

第十一屆年會日期地點：2015年5月15-17日，西班牙巴賽隆納

籌辦人：郭鳳西、麥勝梅

貴賓：駐西班牙代表侯清山大使、西班牙陸錦林教授、西班牙僑聲報戴華東社長、南美洲華文作家協會林美君會長

專題演講：

白嗣宏主講《我在俄羅斯華文創作的體會》

謝盛友主講《思考與寫作、從政與思考》

朱頌瑜主講《先有抱負，再談熱愛……談我個人的寫作理念》

張　鳳主講《哈佛大學百年華語文學》

姚嘉為主講《談採訪北美作家心得與主編北美網站的因緣》

周芬娜主講《我的美食人文書寫》

陸卓寧主講《歐華女性文學的精神嬗遞》

錢　紅主講《歐洲華文文學的起點及其特點》

戴冠青主講《對華文文學詩學建構的一種思考》

歐洲華文作家協會第十二屆年會暨研討會

會長：麥勝梅（2017-2019）　　**副會長**：謝盛友、黃雨欣
秘書長：林凱瑜　　**副秘書長**：楊岡（青峰）
出版文集：
《尋訪歐洲名人的蹤跡》高關中、楊翠屏主編，秀威釀出版社2018年9月
《寫在旅居歐洲時：三十位歐華作家的生命歷程》高關中著；
《在歐洲呼喚世界：三十位歐華作家的生命記事》高關中著；

年會日期地點：2017年5月26-28日，波蘭華沙
籌辦人：郭鳳西、麥勝梅、林凱瑜
會長郭鳳西致歡迎詞
專題演講：
顏敏如主講《華文文學走向世界的議題》
丘彥明主講《我與金庸》
李　周主講《漢語與我》
高關中主講《關於傳記文學的思考》
朱文輝主講《語境交互切換下的書寫與創作》
車慧文主講《字裡行間的迴盪——翻譯有感》
周　勵主講《文學的磁吸性》
樊洛平主講《看歐洲的三種角度與文化表情—歐華作家的散文創作斷想》
吳宗錦主講《學易經笑看人生》

歐洲華文作家協會第十三屆年會暨研討會

會長：麥勝梅（2019-2021）

副會長：楊翠屏、黃雨欣

秘書長：林凱瑜

副秘書長：楊岡（青峰）

印刷會議手冊：《歐洲華文作家協會 第十三屆雙年會手冊》

將於2021年出版文集：

《當遠方近在咫尺時——歐華作協30周年紀念文集》麥勝梅主編

年會日期地點：2019年5月24-26日，法國里昂

籌辦人：麥勝梅、郭鳳西、楊翠屏

會長麥勝梅歡迎致詞

來賓致詞：駐法國台北代表陳志中先生和駐德國台北代表謝志偉致詞

前會長朱文輝擔任司儀，駕輕就熟地掌握了大會的流程，促使研討會圓滿結束。

四大專題演講：

1.駐德國台北代表謝志偉主講《從天堂裡的禁果到地底的馬鈴薯—淺論飲食與文學」

2.「過客歸人」專題演講：

蓬丹主講《逐夢之旅 飄零之感》，姚嘉為主講《適應與再適

應》，郭鳳西主講《不一樣的人生》

3.「海外文學寫作的趨勢—論寫作的內容與題材」專題演講：

葛亮主講《重行於歸：華語文學嬗變的一種形態——對小說家黃碧雲作品的闡釋》

顏敏如主講《有關「我們．一個女人」的書寫》

劉　嫄主講《持科學之筆，行寫作之旅》

黃雨欣主講《從歐華會友的近作看海外文學的創作趨勢》

方麗娜主講《跨語境小說創作的維度與展示平臺》

彭南林主講《談網路時代的海外文學寫作》

4.【歐洲文化與華文寫作】專題演講：

楊翠屏主講《蘇格蘭的啟蒙運動》

穆紫荊主講《基督教文化對我寫作的影響》

常　暉主講《海外華文專欄作家的使命》

倪　娜主講《以『一步之遙』詮釋中德文化的差異》

郭　琛主講《我的心靈修行與寫作因緣》

夏青青主講《文化混血兒的心路歷程》

2020年6月23日　　麥勝梅編輯

感謝趙淑俠、王雙秀、朱文輝、謝盛友、老木、黃雨欣、楊翠屏提供資料和核對

國家圖書館出版品預行編目

當遠方近在咫尺時：歐華作協30周年紀念文集 / 歐洲華文作家協會著. -- 臺北市：致出版, 2021.01
面； 公分
ISBN 978-986-5573-06-5(平裝)

855 110000788

當遠方近在咫尺時

——歐華作協30周年紀念文集

作　　者／歐洲華文作家協會
主　　編／麥勝梅
出版策劃／致出版
製作銷售／秀威資訊科技股份有限公司
114 台北市內湖區瑞光路76巷69號2樓
電話：+886-2-2796-3638
傳真：+886-2-2796-1377
網路訂購／秀威書店：https://store.showwe.tw
博客來網路書店：http://www.books.com.tw
三民網路書店：http://www.m.sanmin.com.tw
讀冊生活：http://www.taaze.tw

出版日期／2021年1月　定價／450元

致 出 版　向出版者致敬